KB186668

아무튼, 문구

아무튼, 문구

김규림

위고

차례

문구인 여러분!

몇 해 동안 나를 표현하는 수식어에 대해 고민해왔다. 학생, 인턴, 직장인처럼 누구에게나 때가 되면 따라붙게 마련인 명칭 말고 지금의 나를 가감 없이 담아내는 표현을 찾고 싶었다. 그나마 지난해 고민 끝에 찾은 건 '만드는 사람(maker)'이었다. 하지만 어딘가 영 아쉬웠다. 세상에 만드는 일에 종사하는 사람들이 헤아릴 수 없이 많은 데다가 표현 자체가 너무 두루뭉술하고 보편적인 느낌이 강했기 때문이다. 만약 지금까지의 내 삶을 관통하는 단어가 오직 하나 있다고 한다면, 그건 무엇일까? 그러던 중 모 문구회사 홈페이지의 대표 인사말을 읽다가 가슴이 철렁 내려앉았다.

○○사를 아끼는 소비자와 문구인 여러분!

문구인(文具人). 이 단어를 보는 순간 암실에 빛한 줄기가 쨍 하고 들어와 온 방이 환해지는 것 같았다. 마치 평생을 찾아 헤맨 단 하나의 단어를 먼 길을 돌고 돌아 이제야 조우한 느낌! 아아, 정말이지 나는 이 단어와 단숨에 사랑에 빠져버렸다.

문구인이라는 세 글자엔 나의 모든 것이 남겨 있었다. 문구류를 너무나 좋아해서 매일 문방구를 내

집처럼 드나들던 어린 시절, 집 안 곳곳에 널려 있는
수만 개의 문구류, 회사에서 실험하고 배우며 만들고
있는 문구들, 그리고 죽기 전에 문구계 역사의 한 획
을 긋는 대단한 문구를 만들고 싶다는 오랜 포부. 이
모든 것에 어울리는 수식어가 문구인 말고 또 있을
까? 나의 과거와 현재, 그리고 앞으로의 꿈까지 모두
를 관통하는 한 단어. 그래, 나는 결국 문구인이었다.
내친 김에 인스타를 시작한 지 5년 만에 처음으로 프
로필도 바꿨다. 문구인 김규림.

　　문구를 너무나 사랑한다. 이상하리만큼 집착한
다는 표현이 더 맞을지도 모르겠다. 월급의 반 이상
을 문구 구입에 탕진한 적도 있고, 문구점에서 하루

를 꼬박 보낸 날들도 있다. 내가 소유하고 있는 물건 중 8할은 문구류다. 필기구나 사무용품은 물론 문구점에서 파는 물건이라면 지류나 소품류까지 가리지 않고 모두 좋아한다. 말하자면 아가페적 사랑이랄까. 카페와 서점만큼 많이 가는 곳이 문구점과 화방인데, 해외에 가서도 가장 먼저 문구점에 들러 필기구든 엽서든 뭐라도 하나 사고 난 뒤라야 비로소 안도감에 여행을 시작할 수 있다.

초등학교 때 아빠가 출장 다녀오면서 사다 준 빨간색 그림도구 세트, 중학교 때 선물 받은 첫 만년필, 고등학교 졸업 후 서랍을 열어보니 튀어나온 나를 스쳐간 수천 자루의 필기구, 일본 로프트(LOFT)에 처음 갔을 때의 충격, 첫 해외 직구 공책, 인턴 월급으로 처음 산 가죽 노트커버 등 나의 잊을 수 없는 기억들은 대부분 문구와 얽혀 있다. 심지어 첫 일터도 문방구가 되었잖은가!*

나의 문방구 사랑은 유전일지도 모른다
문방구**에 대한 내 사랑의 역사를 추적해보자면

---

  *   나의 첫 일터는 '배빈문방구'였다.

 **   나는 문구를 말할 때 '문구'와 '문방구'를 고루 쓴다.

초등학생 시절로 거슬러 올라간다. 주말에 아빠가 출근할 때면 나도 따라가곤 했는데, 아빠가 일하는 동안 나는 아빠의 연구실 비품 캐비닛을 구경했다. 지금의 내 키보다도 컸던 철제 캐비닛 안에는 원색의 포스트잇부터 클립, 호치키스 등의 사무용품, 각양각색의 필기구, 제도용 노트와 방안지까지 다양한 문구가 구비되어 있었다. 바라보기만 해도 마음이 풍족해지는 보물 창고였다.

설계도면을 많이 그리던 아빠는 시중에서는 잘 볼 수 없는 특이한 제도용 샤프를 많이 사용했다. 아주 얇은 제도용 샤프부터 굵은 심 홀더, 색색의 샤프심까지 당시만 해도 동네 문구점에서는 팔지 않는 신기한 문방구가 집에 꽤 많았다. 좋은 필기구에 대한 로망은 이때부터 싹텄다. 또래 초등학생 친구들이 많이 사용하는 0.5미리 샤프가 아닌 스테들러의 2.0미리 홀더를 쓰는 건 나의 은근한 자부심이기도 했다.

어쩌면 나의 문방구 사랑은 유전일지도 모른다. 작년에 벼르고 별러 빨간 일기장을 산 것도 아빠의 영향 때문이다. 젊었을 때 프랑스에서 7년 동안 산 적이 있는 아빠는 당시에 쓰던 빨간색의 두꺼운 일기장을 늘 우리 집 책장 한쪽에 꽂아두었다. 어렸을 때부터 그 일기장을 종종 훔쳐보곤 했는데 대부분이 프랑스

어라서 알아볼 수는 없었다. 그래도 중간중간 끼워져 있는 영수증과 쪽지, 신문 스크랩이나 티켓 등을 보면서 타지에서 살았던 젊은 시절 아빠의 삶을 아주 막연하게나마 상상할 수 있었다.

그중에는 엄마의 쪽지도 있었다. "아저씨, 저 들렀다 가요"라는, 아마도 아빠 집 대문 어딘가에 끼워놓고 갔을 그 쪽지는 (다행스럽게도) 누가 봐도 엄마의 글씨였다. 그렇게 아빠는 프랑스 생활을 빨간 일기장에 빽빽한 기록으로 남겼다. 나중에 딸이 태어나 그 기록들을 샅샅이 살펴볼 거라고는 상상도 못했겠지만. 1982년 언저리의 일이었다.

어쩌면 내가 남기는 모든 기록도 그 빨간 일기장으로부터 시작되었을지 모른다. 그로부터 36년이 흐른 시점인 지난해, 나는 프랑스에서 일기를 썼던 아빠와 동갑인 스물여덟 살이 되었다. 공교롭게도 나 또한 장기 출장으로 갓 타지 생활을 시작했다.

그럭저럭 새로운 도시 사이공에 적응하며 맞은 어느 주말, 나름대로 바쁜 하루를 보내고 집으로 돌아가는 길에 한 문구점을 발견했다. 한참을 구경하다가 그곳에서 빨간 일기장을 만났는데, 보자마자 아빠의 일기장이 떠올랐다. 번쩍거리는 촌스러운 재질에 심지어 가격도 비쌌지만 그런 건 중요하지 않았다.

프랑스 아빠일기
(1982~)

베트남규림일기
(2018~)

아빠의 일기장을 보며 마음 한구석에서 키워온 로망,
그러니까 언젠가는 아빠처럼 타지 생활을 두꺼운 공
책에 성실히 담아보고 싶다는 그 로망이 이 일기장으
로부터 실현될 테니까.

　아빠가 일기를 썼을 당시에는 SNS는 물론이고
인터넷조차 없던 시절이니 아빠는 오로지 자신의 이
야기를 기록하기 위해 일기를 썼을 것이다. 타지 어
딘가에서 전등을 켜고 앉아 천천히 글을 써 내려가는
청년 시절 아빠의 모습을 떠올려보니 어쩐지 애틋한
마음이 든다. 아빠의 빨간 일기장에 대한 오마주로
시작한 나의 일기장에는 어떤 내용들이 채워질까. 또
나의 첫 타지 생활은 어떤 이야기들로 채워질까. 내
일기장도 36년 후에 무사히 내 책장에 남아 있을까.

혹시 모를 일이다. 내가 아빠 일기를 본 것처럼 나중에 내 아이가 볼 수 있을지도.

패나 사연 깊은 사랑이었구나

아빠의 일기장을 종종 훔쳐보던 그 시절, 그때도 나는 지금의 나와 다를 것 없이 '신상'을 좋아했다. 나름대로 학급의 얼리어답터였던 나는 문구점에 새로운 필기구나 물건이 들어오면 가장 먼저 써보는 어린이였다. 아파트 1단지부터 5단지까지 상가에 있는 모든 문구점을 한 바퀴 도는 것이 나의 하루 일과 중 하나였는데, 새로 수입되거나 입고된 문구류를 참 많이도 사고 써봤다. 아마도 문구류에 대한 잡다한 지식은 이때 가장 많이 쌓였던 것 같다. 열심히 모은 샤프 스무 자루가 든 필통을 학원 가는 길에 잃어버려 목 놓아 울었던 가슴 미어지는 기억도 있지만 학창 시절의 재미있는 기억들은 어김없이 문방구와 함께였다. 초등학교 단짝 친구와 핑크팬더가 그려진 우정 노트를 함께 쓰던 기억, 한창 유행했던 펜 띠를 프린트해 정성 들여 붙이던 기억, 중학생 때 부모님께 파커 만년필을 선물 받은 날, 아빠에게 컨버터에 기포가 들어가지 않도록 천천히 잉크를 넣는 법을 배운 기억, 늘 가지고 다니던 가죽 노트를 누군가에게 처음으로 보여준 날, 글씨 잘 쓴다는 말을 듣고 하루 종일 기분이 좋았던 날… 문방구와 관련된 기억과 추억은 하나하나 늘어놓을 수도 없이 많고, 이런 따뜻한 기억들이 차곡차곡 쌓여 문방구에 대한 사랑으로 이어졌다.

　사랑에 이유가 있나 그냥 좋으니까 좋은 거지 생각했는데, 이렇게 써놓고 보니 문방구에 대한 내 사랑은 꽤나 사연 깊은 사랑이었구나 싶다. 무언가에 쉽게 빠지고 또 금방 질리는 성격임에도 문방구에 대한 사랑만큼은 해가 갈수록 깊어진다. 많은 것이 디지털화되어가는 요즘 세상에서도 나는 아직도 문구류를 활용해 손으로 직접 쓰고 붙이고 만드는 걸 제일 좋아한다. 수고로워도 즐겁고, 투박해도 따뜻하기 때문이다. 아무래도 평생을 문방구와 함께하지 않을까 싶다. 꼭 그랬으면 한다.

내가 나의 이야기를 듣는 일

어느 책에서 무척 인상 깊은 구절을 보았다. 자신이 생각하는 이상적인 삶을 살 수 있는 길은 가장 완벽한 하루를 상상해보는 것에서 시작한단다. 그리고 그 완벽한 하루와 닮은 습관들을 하나씩 만들어나가다 보면 결국엔 꿈꾸던 삶을 살게 된다는 것. 오호, 그렇다면 먼저, 나의 가장 완벽한 하루를 떠올려봐야겠다.

가장 완벽한 하루

아침에 일어나 커피를 내려 마시고, 느긋하게 아침을 먹고, 책을 읽는다. 햇살을 받으며 좋아하는 음악을 듣고, 점심 무렵에는 서점과 문구점을 어슬렁거린다. 한강을 따라 자전거를 타고, 좋아하는 카페에서 맛있는 커피를 마시면서 그림을 그린다. 영화를 보고, 돌아오는 길에 간단하게 장을 봐와서 요리를 한다. 친구와 맛있는 곳을 찾아가 함께 먹는 저녁도 좋겠다. 집에 돌아와 전날 보던 넷플릭스 드라마를 두어 편 이어서 본다. 목욕을 하고 잠옷으로 갈아입고 포근한 침대로 들어간다.

아니다, 중요한 일과가 빠졌다. 침대로 들어가기 전에 책상에 앉을 것이다. 차분히 책상에 앉아 노트를 펴고 필기구를 꺼내 든다. 칼로 연필을 깎고 만년필에 잉크를 넣는 느릿한 순간들을 누린다. 오늘

있었던 일, 나눴던 대화들, 지금 안고 있는 고민과 생각들을 노트에 써 내려간다. 쓰다 보면 요즘에는 내가 어떤 생각들에 사로잡혀 있는지 객관적으로 볼 수 있다. 문구와 나의 은밀한 시간을 통해 나는 나를 좀더 아끼면서도 공정하게 바라봐주는 사람으로 거듭난다.

적어놓고 보니 나의 이상적인 삶 속에서도 문구와의 교류는 긴밀해 보인다. 문구와 함께 보내는 시간은 내가 나를 돌보는 시간이다. 책상 위에서 무언가를 쓰거나 만드는 건 내가 나의 이야기를 듣는 일이다. 어떤 날은 다른 사람들의 이야기로 내 하루가 물들 때가 있는데, 딱히 관심사도 아닌 수많은 갈래의 정보와 타인의 이야기에 노출되다 보면 나의 생각을 할 시간이 점점 줄어든다. 다른 사람들의 생각과 이야기에 귀 기울이는 만큼 나의 감정과 생각에도 곁을 내주고 있는지에 생각이 미치면, 우선은 책상에 앉게 된다.

그때의 내가 지금의 나에게

가끔 SNS에 일기를 공개하기도 하고 심지어 그렇게 공개한 일기를 모아 책으로 낸 적도 있지만 기본적으로는 공개하지 않는 일기를 가장 많이 쓴다. 일

일기를 쓰면서 가장 솔직한 내 모습을 마주한다.

기를 쓰면서 매일 다짐하는 것이 있다. 다른 사람이 흥미로워할 만한 이야기 말고 내가 하고 싶은 이야기를 하자고. 오늘도 내일도 독자는 나 혼자뿐이라고 생각하고 일기를 쓴다. 내가 나와 나누는 대화를 기록하는 그 과정에서 나 자신을 마주한다. 가장 솔직한 나의 감정을 일기를 쓰면서 알게 된다.

짬이 날 때마다 노트를 펼쳐 들어 뭔가를 열심히 쓰고 그리기도 한다. 딱히 목적을 가지고 하는 행동은 아니다. 아주 오랫동안 해와서 이제는 몸에 밴 습관이 되었다. 뭐 그렇게나 할 말이 많은지, 쉴 틈 없이 쓰고 싶은 것이 떠오른다. 머릿속의 생각들을 조금이라도 덜어내기 위해, 내가 느끼는 진짜 감정이 무엇인지 알아내기 위해, 스친 아이디어를 놓칠세라, 혹은 새로 산 펜을 어서 테스트해보고 싶어서… 쓰는 이유도 가지가지다. 수년간 빽빽하게 채운 수십 권의 공책들이 어느새 집안 곳곳에 흩어져 있다.

이것들을 어디에다 모아둘지 한참을 고민하다가 연도별로 라벨을 붙여 우유 상자에 넣어 방에서 가장 잘 보이는 곳에 보관하기로 했다. 일기를 쓰고 나서 다시는 열어보지 않는다는 사람들도 있던데 사실 나는 내 지난 일기들을 들여다보는 게 가장 재미있다. 언제 어딘가에서 구구절절 적어 내려갔던 노트들을 펼쳐 들면 그때 그 순간의 공기, 정취, 분위기와 감정들이 생생히 살아난다(아날로그 기록 방식을 아직까지 열심히 고수하는 이유다).

특히나 새해 초의 기록들을 보면 수십 개의 다짐들이 빼곡히 적혀 있어 피식 웃음이 나기도 한다. '뭐 이런 걸 다 하고 싶어 했지?' 생각하기도 하지만 나도 모르게 이미 이루어진 항목들을 보면 신기할 때가 있다. 따지고 보면 새해 첫날이라고 해도 그저 어제의 내일일 뿐인데 새 노트들과 문구류들을 펼쳐놓고 사뭇 진지하게 새해 계획에 임했던 내가 꽤 귀엽다. 또 심각하게 고민을 써 내려간 페이지들은 다시

열어보면 열이면 아홉은 가벼워져 있다. 지치고 힘든 어떤 날 예전에 쓴 일기들을 읽으면 그때의 내가 지금의 나에게 위로를 해온다. 나름대로의 걱정과 고민을 짊어지고 있었던 그때의 내가 말한다. 지금까지 그래왔듯 다 지나갈 거라고, 결국엔 다 가벼워질 것들이라고.

문구를 사용하면서 생겨나는 차분하고 고요한 순간들이 참 좋다. 그저 머릿속에 있는 생각들을 밖으로 내보내는 것만으로도 갑갑한 마음이 해소되고 위로를 얻었던 기록의 순간들. 그 순간들이 모여 한 권 한 권 책으로 쌓여간다. 누군가에게 보여주기에는 영 부끄러우니 아무래도 집에서 종종 펼쳐보는 것으로 이 친구들의 소명은 다할 것 같다. 아울러 다른 건 몰라도 나는 죽어서 수백 권의 노트만은 틀림없이 남기지 않을까 싶다.

일요일 저녁엔 문구점에 가요

일요일 저녁에 특별한 일정이 없으면 꼭 하는 의식 같은 것이 있으니, 바로 문구점에 가는 일이다. 일주일의 끝을 산뜻하게 마무리하는 데 문구점 방문만큼 좋은 것은 없다. 특별히 살 것이 있어야 하는 것도 아니다. 그저 어슬렁거리며 둘러보는 것만으로도 일주일이 깔끔하게 마무리되는 기분이다. 문구점에 들어서자마자 느껴지는 공기, 가지런히 놓인 여러 색깔의 펜, 각 잡힌 지류들을 보면 어딘지 마음이 편안해진다. 케케묵은 정겨운 냄새와 여기저기 흩어져 있는 문구들을 보고 있으면 집보다 더 편안한 느낌을 받을 때가 있다. 집 근처에 특별히 좋아하는 문구점이 몇 있다. 핫트랙스와 예림문구 그리고 장미종합상가의 문구점들이다.

나의 단골집들

핫트랙스야 전국 어디서나 찾아볼 수 있는데 뭐가 특별할까 싶지만, 집 근처 잠실 교보문고의 핫트랙스는 어쩐지 다른 매장보다 친근한 분위기를 풍긴다. 학생들을 타기팅한 한껏 귀여운 팬시상품과 클래식한 사무용품이 마구 뒤섞여 있는 모습, 약간씩 흐트러져 있는 싱품 디피, 오래된 공간에서 풍기는 친근한 향까지 다른 핫트랙스 매장에 비해서 좀 더 인

일요일 저녁엔
어김없이.

간적으로 느껴진달까. 매장을 다 돌고 옆의 서점에서
눈여겨보던 책 몇 권을 사 들고 돌아오는 건 일주일을
온전하게 마무리하는 나의 단골 코스다.

예림문구는 우리 집에서 핫트랙스와 정확히 반
대편으로 같은 거리에 있는 문구점이다. 집을 나서면
서쪽으로 10분 거리에 예림문구, 동쪽으로 10분 거리
에는 핫트랙스가 있으니 그야말로 든든한 문구세권
(문구+역세권)이다. 예림문구는 매번 보물처럼 뭔가
가 튀어나오는 신기한 문구점이다. 아파트 단지에 사
는 학생들이 많이 방문하는 곳이라 아이돌 명패나 슬
라임 같은 것도 구매할 수 있고, 지금까지도 나오는

게 신기한 출근 기록부나 수기 영수증, 언제부터 자리를 지키고 있었던 건지도 의문스러운 파일철까지 클래식한 제품도 군데군데 섞여 있어 아주 재미있다. 이런 오래된 문구류를 건져 올리는 것이 예림문구 방문의 가장 큰 기쁨이다.

잠실의 오랜 터줏대감 장미종합상가는 잠실에 산다면 모르는 사람이 없을 정도로 친근한 옛날식 종합상가다. 30년도 훌쩍 넘은 이 상가는 겉으로 보기에는 그렇게 커 보이지 않지만 지하로 들어가면 작은 상점들과 식당들이 빽빽하게 들어차 있어 우스갯소리로 '장미 던전'이라고도 불린다. 각종 학원과 독서실이 모여 있어 장미아파트에 사는 학생들도 자주 오는 까닭에 작은 문구점이 서너 곳 정도 있다. 이 문구점들은 하나같이 오랫동안 자리를 지켜온 포스가 폴폴 풍긴다. 한참 쭈그려 앉아 구석구석 구경하다가 초등학생 때 썼던 세일러문 노트도 발견하고(심지어 그때 그 가격 400원이었다) 학교에 준비물로 가져갔던 추억의 과학 키트도 찾았다. 먼지 더미 속에서 유적을 발굴하듯 추억의 문구들을 찾을 수 있는 이곳을 나는 참 좋아하는데, 재개발 소식이 자꾸 들려올 때면 조마조마하다. 벌써부터 지나온 시간을 고스란히 담고 있는 작은 문방구들을 그리워하는 내 모습이 떠오를 정도다.

　　누군가는 집에서, 누군가는 카페에서 보내는 일요일 저녁 시간을 이렇게 나는 문구점에서 어슬렁거리면서 마무리한다. 자전거 바구니에 문구들을 한껏 사 담아 돌아오면서 '다음 한 주도 잘 살아보자!' 하는 두둑한 마음까지 함께 안고 돌아온다.

어릴 적 문방구에는

　　요즘에야 마트나 대형 문구점에서 문구류를 많이 취급하지만 어렸을 때, 그러니까 내가 초중고등학교를 다닐 때만 해도 문구를 취급하는 곳은 동네 문방구들뿐이었다. 친구들과 내게 문방구는 준비물과 학용품을 사는 곳을 넘어 만남의 장소이자 아지트 같은 곳이었다. 학교가 끝난 후 일단 근처 분식집에서 떡볶이를 사 먹은 뒤 얼마 안 남은 용돈으로 문방구에서 불량식품을 사 먹거나 쇼핑을 했다. 얼마나 자주 갔는지 신상품이 들어온 날에는 매대의 레이아웃 변화도 단박에 알아차리곤 했다.

　　특히나 오래 살았던 동네들에는 하굣길에 매일같이 들른 문방구들이 몇 있었다. 학창 시절 참 많은 시간들을 보낸 곳들이었는데… 문득 궁금해져 한 번씩 가본 적이 있다. 안타깝게도 한 곳은 깨끗한 팬시

여기 원래 이렇게
작았던가...?

점으로 리모델링됐고, 다른 한 곳은 다행히 그대로
자리를 지키고 있었다.

　　10여 년 만에 다시 방문한 문방구에 대한 첫인
상은 '여기가 원래 이렇게 작았었나?'였다. 어렸을
땐 그렇게나 커 보였는데 이제는 대형 문구점에 익숙
해져선지 한없이 작은 구멍가게처럼 느껴졌다. 문방
구는 변한 것 없이 그때 그 모습인데 나를 비롯한 세
상은 그새 참 많이 바뀌었구나 싶었다. 성격이 괄괄
하시던 주인아저씨도 이제 흰머리 희끗한 할아버지
의 모습을 하고 계신 걸 보고는 기분이 많이 복잡해져
돌아왔다.

초등학생 때 자주 다니던 문방구가 있었는데 아주머니가 나를 참 귀여워하셨다. 엄마가 초등학생 때부터 다니던 문방구였는데, 아주머니는 그때의 엄마를 쏙 빼닮은 내가 또 드나드니 너무 신기하다면서 나를 엄마 이름으로도 불렀다가 내 이름으로도 불렀다가 그러셨다. 지금 생각해보면 한 학년에 3백 명, 전교생 모두 합치면 2천 명 가까운 아이들의 이름을 아주머니는 한 명 한 명 거의 다 기억하셨던 것 같다. 작은 문방구에 들어설 때마다 그 아주머니가 종종 생각난다. 대형 문구점이 동네 문방구를 결코 대체할 수 없는 점이 있다면 바로 이 따뜻함일 거다.

　　얼마 전 한 다큐멘터리에서 작은 문방구 주인할아버지의 인터뷰를 보고 왈칵 눈물이 쏟아졌다. 요새는 학생들이 다들 서점 옆에 붙은 대형 문구점으로 가서 도통 손님이 없다고 하시는 모습이 얼마나 쓸쓸해 보이던지. 북적거렸을 옛날에 비해 손님이 없어 할 일을 잃은 주인할아버지의 모습이 자꾸 떠올라 가슴이 아팠다. 이것은 그 할아버지만의 고민이 아니라 이 시대 모든 동네 문방구들이 안고 있는 걱정이지 않을까.

　　동네 문방구가 아무리 노력한다 한들 대형 문구점에 비해 물건 가짓수와 가격 경쟁력이 떨어지는 것

은 당연하다. 그러다 보니 손님은 점점 대형 문구점을 찾게 되고 재고 회전율이 점점 떨어지는 악순환이 반복된다. 오랫동안 그 일만 해오신 나이 지긋하신 분들이 대형 문구점에 대적해 차별화할 수 있는 지점을 찾는 것도 쉽지 않을 것이다. 너무 안타까워서 내가 도움이 될 길은 없을까 궁리를 하기도 한다. 그렇지만 할 수 있는 일이라고는 기껏해야 작은 문방구가 보일 때마다 들어가 뭐라도 하나 사서 나오는 일뿐이다. 검은색 봉투에 내가 고른 문구들을 담아주시는 정겨운 모습을 가만히 바라보면서 생각한다. 문방구 사장님들, 오늘도 힘내주세요. 고맙습니다.

이상하게 좋은 것들

예전에 인스타그램에서 한창 '#whatsinmybag(왓츠인마이백)' 릴레이가 이어졌다. 자신의 가방 속에 들어 있는 소지품을 펼쳐놓고 찍어 올리는 일종의 유행성 캠페인이었는데, 마음속으로 환호성을 올리며 이 릴레이를 격하게 반겼다. 소지품 류의 물건에 워낙 관심이 많아서 다른 사람들은 어떤 물건들을 사용하고 사랑하고 탐닉하는지 매우 궁금해하고 있던 참이었다. 내게는 필수인 펜과 노트를 가지고 다니지 않는 사람들이 많다는 사실에 놀라기는 했지만, 다른 사람들의 소지품들을 관찰하며 아이디어를 얻기도 하고, 몰랐던 브랜드와 제품을 알아가는 재미에 푹 빠졌다.

그걸 보면서 '#whatsonmydesk(왓츠온마이데스크)' 릴레이도 해보면 좋겠다고 생각했다. 책상 위 소품들은 늘 들고 다니는 소지품과 달리 남에게 쉽게 보여줄 수 없는 자기만의 영역이기에 다른 사람들의 작업실이나 서재의 책상이 가방 속보다 조금 더 궁금하지 않을까? 그래서 나부터 시작해본다! 사진으로 보여줄 수 있다면 더 좋겠지만 글로 최대한 자세히 풀어보겠다.

#whatsonmydesk

우선 책상 위 벽에는 엽서와 포스터, 책갈피, 스티커들이 붙어 있다. 스타일이 아름답거나 특이한 형태의 지류 작업물을 보면 모아두었다가 붙여놓곤 한다. 책상에 앉아 작업을 하기 전 한 번씩 쓱 둘러보면 우선 기분이 좋아지고 종종 영감도 얻는다.

책상의 맨 왼쪽 끝에는 이것저것 담을 수 있는 나무 트레이를 비치해두었다. 자주 쓰는 가위와 칼, 풀, 테이프, 도장, 판 스티커, 연필깎이 등이 담겨 있다. 문구는 늘어놓으면 지저분하게 보이지만 필요할 때 금방금방 꺼내 쓰려면 어쩔 수 없이 펼쳐져 있는 게 좋기 때문에 트레이를 선호한다. 그 옆에는 황동 티파니 램프와 태엽 시계가 놓여 있다. 실용성은 물론이고 둘 다 내가 아주 좋아하는 소재로 만들어져 있어 심미성을 겸비한 훌륭한 오브제 역할까지 수행한다. 바로 옆에는 직접 만든 2구짜리 호두나무 펜 스탠드가 있다. 목공 수업을 들을 때 자투리 나무로 만들었는데 나무의 결과 색이 아주 아름답다. 내 손으로 직접 만들어선지 좀 더 애틋하고 특별하게 느껴진다.

책상 한가운데에는 각종 마스킹테이프와 원형 스티커를 올려놓고 쓰는 접시가 놓여 있다. 영수증이나 티켓, 엽서 등을 노트에 붙일 때 가장 많이 사용하

는 문구라 손에 가장 쉽게 닿는 곳에 두었다(이런 것
들은 마음껏 사용하는 편이어서 항상 충분히 구비해둔
다). 그 옆에는 좋아하는 작가*의 일러스트가 담긴 노
트를 두었다. 왠지 뜯기가 아까워 노트보다는 캔버스
처럼 전시 용도로 활용하고 있다.

그 오른쪽으로는 벽을 따라 책이 스무 권 가량

---

*   일본의 일러스트레이터 노리타케. 그의 일러스트가 들어간
거의 모든 문구를 컬렉션으로 가지고 있다.

꽂혀 있는데, 자주 쓰는 노트도 듬성듬성 꽂혀 있다. 그 앞으로 투명한 유리창으로 안이 들여다보이는 작은 나무 진열장이 있다. 형태나 패키지가 아름다운 것들은 좀 더 자주 들여다보고 싶어 이 안에 넣어둔다. 작은 쇼룸처럼 보여 레이아웃을 종종 바꾼다. 그 앞에는 각종 새 노트들이 쌓여 있다(언제든 호출되면 출격할 수 있도록 다양한 판형의 노트를 구비해뒀다).

아끼는 물건들로 복닥거리는 내 책상을 좋아한다. 긴 하루 끝에 집에 돌아와 책상 앞에 앉으면 안도와 위안이 몰려온다. 하루 평균 8시간을 일하는 직장인이라면 평일의 3분의 1 정도를 책상에서 보낸다고 할 수 있겠는데(사무직이라면 말이다), 퇴근하고 집에 와서도 곧장 책상 앞에 앉는 나는 그 이상의 시간을 책상 앞에서 보내는 셈이다. 그러니 책상 위에 부지런히 사물들을 들여놓고 사용하고 기록하는 행위는 결국 나의 삶을 가꾸는 일이라고도 할 수 있지 않을까. 더 살뜰히 가꿔야겠다. 책상도, 나의 삶도.

이상하게 좋은 것들

조금 이상하게 들릴 수도 있겠지만 나의 취미는 책상 위 오브제 관망하기다(물론 책상 위 오브제의 8할은 문구류다). 오랫동안 함께해 익숙한 물건들, 이를테면 10년가량 쓴 만년필과 책꽂이 등이 있는가 하면 최근에 여기저기서 사들인 엽서와 노트 등의 작은 문구류, 목재 박스 등이 책상 위에 빼곡히 놓여 있다. 이 친구들을 가만히 바라보고 만지작거리다 보면 금세 두세 시간이 지나버린다.

　책상 위 물건들 중에서도 유난히, 이상하게 더 좋은 것들이 있다. 그런 것들은 그저 바라보는 것만으로도 에너지가 솟아서 특별히 더 잘 보이는 자리에 배치한다. 황동 캘린더, 나무 연필꽂이나 나무 소재의 만년필 같은 것들. 생각해보니 이들의 공통점은 소재다. 차분한 느낌의 오래 사용할 수 있는 가죽, 나무, 황동 소재들은 들썩이는 마음에 안정을 가져다준다. 내친 김에 내 책상 위의 '이상하게 좋은 것들'을 몇 가지 소개해본다.

　가장 좋아하는 책상 위 오브제는 역시 황동 캘린더와 태엽 시계다. 도쿄의 한 편집숍에서 데려온 황동 캘린더*는 매일 일자와 요일을 한 칸씩 돌려서 쓰는 만년 캘린더다. 태엽 시계는 방콕의 한 마켓**에

---

*　일본 편집숍 '덜튼(Dulton)'에서 구입했다.

**　방콕의 딸랏롯파이 1 야시장에서 구입했다. 운 좋으면 빈티지 제품을 저렴하게 건질 수 있어 이따금 들른다.

서 산 빈티지 제품으로 매일 태엽을 감아주면 우렁찬 초침소리를 들려준다. 매일 봐도 질리기는커녕 점점 더 좋아지는 이 두 아이들의 매력은 대체 무엇일까? 매일의 수고로운 작은 성실을 요하기 때문일까, 모든 게 자동화된 세상에서 아직까지 사람 손을 필요로 하는 것이 귀여워서일까, 소재와 형태의 아름다움 때문일까? 이유야 어찌 됐든 이 물건들과는 평생을 함께하고 싶다.

가죽 노트커버도 가장 좋아하는 문구이자 오브제 중 하나다. 종이와 가죽의 조합은 아주 클래식하고 기품 있는 인상을 준다. 커버를 가지고 싶어서 쓰기 시작한 미도리(Midori) 트래블러스* 노트커버를 시작으로 헤비츠(Hevitz) 노트커버(가죽 질이 매우 좋아서 여러 색상을 가지고 있다), 태국에서 사온 가죽 커버 등 여러 종류를 모아왔는데 쓰고 있는 노트의 사이즈에 맞춰 그때그때 번갈아가며 사용하고 있다. 내용물인 노트는 계속 새것으로 대체되어도 밖에서 튼튼하게 감싸고 있는 이 가죽 커버들은 해가 갈수록 생채기가 나고 에이징되면서 깊이감이 생긴다. 오래될수록 깊이 있어지는 사물들이 참 좋다. 가죽 소재를 특히나 좋아하는 이유이기도 하다.

최근에 들인 펜도 요새 아주 좋아하는 문구다. 좋아하는 소재인 황동과 호두나무가 적절하게 섞여 있는 이 펜은 들었을 때 느껴지는 묵직한 바디감이 마음에 든다. 게다가 뚜껑은 수고롭게도 돌려서 여는 방식인데 이 부분마저 사랑스럽다. 오랫동안 써온 파버카스텔의 코코넛나무 바디 만년필과도 비슷한 느낌이지만, 곡선 처리와 마감 면에서 그에 뒤지지 않는 높은 퀄리티를 자랑한다. 못해도 10년은 거뜬히 쓸 수 있는 훌륭한 내구성을 지녔으니 오래도록 사용하고 싶다.

---

*   지금은 분리되어 '트래블러스 팩토리'가 되었다.

가만 보면 내 안에는 서로 다른 두 사람이 같이 사는 것 같다. 클래식하고 심플한 것을 사랑하는 사람과 아기자기한 총천연색의 귀여운 것들을 사랑하는 사람. 그래서 책상 위에도 묵직하고 우아한 디자인의 오브제들과 함께 오색찬란 화려한 색상의 팬시 문구들이 늘 함께 어울려 있다. 본능적으로 끌리기도 하겠지만 그런 언밸런스를 은근히 즐기는 것 같기도 하다. 귀엽고 가벼운 것들이 즉각적인 즐거움을 선사하는 명랑한 친구들이라면, 클래식한 오브제들은 말수는 별로 없지만 늘 든든하게 곁을 지켜주는 속 깊은 친구 같다. 이 친구들을 바라보고 어루만지는 일에 나는 시간을 과감하게 쓰고 있다. 집에서 대체 뭘 그렇게 하느냐는 말에 나는 퍽 억울하다. 책상 위에도 나름대로의 분주한 시간들이 있단 말이다.

가성비를 따집니다

취미가 문구 사들이기라서 좋은 것이 있다면 아무리 많이 사도 가산 탕진까지는 이르지 않는다는 점이다 (고급 필기구라면 이야기가 달라지겠지만 다행히 아직 거기까지 가진 않았다). 기껏해야 천 원에서 삼천 원 안짝의 소비로 기분 전환을 할 수 있으니 가성비를 생각해도 아주 훌륭한 취미 아니냐는 것이 내가 문구를 잔뜩 사놓고는 늘 펼치는 주장이다.

물건을 많이 사는 탓에 과소비할 것 같다는 오해를 종종 받곤 하지만, 사실 물건을 살 때 은근히(!) 가성비를 따지는 편이다. 돈을 아끼겠다는 마음보다도 같은 가격이면 양이 많거나 품질이 좋은 제품을 사야 하지 않겠느냐는 것이다. 아무튼 문구류 자체가 워낙 다른 제품군보다 가성비가 훌륭하다고 생각하지만, 그중에서도 내가 생각하기에 가성비가 좋은 문구들을 몇 가지 소개해보겠다.

가성비 좋은 문구들

첫째, 샤오미 볼펜. 샤오미에서 볼펜이 나온다는 사실을 아는 사람은 많지 않다. 전자제품 만드는 회사에서 볼펜이라니? '대륙의 실수'라 불릴 정도로 가성비 좋은 샤오미의 제품들이 많이 사랑받고 있는데, 볼펜이야말로 최고의 가성비를 자랑한다. 샤오미 볼펜의 깔끔한 화이트 바디와 마감을 보고 있으면 애플의 제품으로 착각할 정도다. 필기감도 썩 훌륭하다. 하지만 가장 놀라운 것은 역시 가격. 9.9위안, 한화 약 1,600원. 요새는 한국에서도 인터넷에서 2천 원대에 구입할 수 있는데 이 가격에 이 정도 퀄리티의 문구를 들일 수 있다는 것은 확실한 메리트라고 생각한다. 샤오미 매장에 들를 일이 있다면 꼭 한 번씩 쥐어보고 '대륙의 기적'을 느껴보길.

둘째, 라벨 스티커. 꾸미기용 스티커는 보통 한 장이 들어 있지만 라벨 스티커는 여러 장이 들어 있다. 요즘에야 팬시 동그라미 스티커가 유행이라 훨씬 더 다양한 색상과 크기의 라벨 스티커들이 시중에 나와 있지만 사실 많이 쟁여두고 쓰기에는 사무용 라벨 스티커만큼 좋은 것이 없다. 형광색이나 특이한 색상도 있으니 눈을 크게 뜨고 찾아보면 특별한 라벨 스티커를 얻을 수 있다. 가격도 800~1,500원. 천 원으로 과자 한 봉지 사기도 어려운 요즘에 아직까지 천 원으로 두둑하게 살 수 있는 물건이 있다니 얼마나 마음 든든한지 모른다.

셋째, A5 용지. 아무것도 쓰여 있지 않은 순백색의 용지를 처음 개봉할 때의 설렘이란. 한 더미에 2천 원가량 하는 A5 용지는 반으로 접으면 훌륭한 임시

노트가 되고, 집게로 묶으면 연습장으로 들고 다니기에도 유용하다. 그림을 그릴 때는 큰 종이, 노트는 손바닥에 들어오는 사이즈를 선호하는데 A5 용지는 그냥 들고 다니기에도 반으로 접어서 들고 다니기에도 사이즈가 적절하다(사실 A4 용지는 그냥 가지고 다니기에는 너무 크다). 몇 주에서 길게는 몇 개월 쓰기에도 충분한 양이니 가성비로 따지자면 결코 밀리지 않는다.

넷째, 비망노트. 여권보다 살짝 작은 앙증맞은 사이즈의 얇은 노트로, 주머니나 가방에 가볍게 넣어 다니기 좋다. 근영사, 이화, 아톰 등 몇 군데의 회사에서 제작하고 있으나 규격은 동일하다. 자주 가는 밥집에서 아주머니가 외상 내역을 기록하는 노트로 사용하는 모습을 보고 왠지 멋져서 찾아보니 가격이 300원 정도로 매우 저렴한 게 아닌가. 심지어 인터넷에서 100개들이로 사면 개당 200원 이하의 가격으로 구입할 수 있다. 쌓아두고 선물하거나 프로젝트 노트로 사용하기도 좋다.

하지만 세상은 가성비만으로 돌아가지는 않는 법. 가성비의 잣대로 값어치를 매길 수 없는 것들이 분명히 존재한다. 문구점의 대부분의 공간을 차지하고 있는 다양한 팬시 문구*들이 그걸 증명한다. 그래도 좋은 가격에 훌륭한 제품을 샀을 때 기분이 마구마구 좋아지는 건 매우 당연한 일이다. 가성비 좋은 물건을 찾아 쓸 때의 뿌듯함이란! 그 뿌듯함의 순간을 느끼기 위해 나는 오늘도 가성비 좋은 문구들을 찾아 헤맨다.

---

*   사무용품에 캐릭터나 디자인을 입힌 상품들을 말한다.
      예쁜 디자인 때문에 필요보다 훨씬 더 많이 구입하게 되다
      보니 필수품보다는 사치품에 가깝다(고들 생각한다).
      요즘은 문구점에 놓인 상품 중 70~80퍼센트가
      팬시상품이다. 카카오프렌즈, 라인프렌즈, 쓰임앤끌림 등이
      대표적이다.

좋은 것은 쟁여둡니다

좋아하는 것은 무작정 쌓아놓고 보는 습성이 있다. 이제 막 쓰기 시작했는데도 '이걸 다 쓰면 어쩌지?' 하는 불안감이 드는 물건들이 가끔 있지 않은가? 나는 이런 불안감을 남들보다 조금 더 심하게 느끼는 편인데, 내가 나름대로 강구한 해결책은 바로 쟁여두기다.

나의 문구 서랍에는 같은 물건들이 늘 여러 개씩 있다. 써보고선 좋다 싶은 문구는 곧장 문구점으로 달려가 두세 개씩, 혹은 몇 박스씩 더 사놔야 비로소 마음이 놓인다. 더 이상 불안해하지 않고 마음껏 쓰기 위한 생존 전략이랄까. 이렇게 같은 것들을 여러 개 사두면 좋은 점은 첫째로는 쓰면서 다 쓸까 봐 불안하지 않다는 것, 둘째로는 잃어버리거나 단종되지 않을지 크게 염려하지 않아도 된다는 것, 셋째는 좀 더 과감하게 쓸 수 있다는 것이다.

단적인 예로 그림을 그릴 때 자주 쓰는 펜텔 사인펜은 늘 30~40자루 정도는 서랍에 구비해두고 가방에도 새것을 두세 자루 여분으로 넣어 다닌다. 한 자루를 다 쓰는 데도 상당한 시간이 걸리지만, 꼭 필요할 때 없어서 아쉬웠던 경험에 비추어봤을 때 여분으로 몇 개 더 가지고 있는 게 마음 편하다는 결론이

났다. 펜텔 말고도 좋아하는 펜들은 같은 모델을 여러 개씩 가지고 있다*. 가끔씩 서랍을 열어보면 든든하고 흐뭇해서 씩 웃음이 나온다.

　스티커도 같은 판을 여러 장씩 산다. 얼마 전 스티커를 어떻게 그렇게 과감하게 쓰느냐는 질문을 받았는데, 이 질문이 나는 그렇게 재미있을 수가 없었다. 실은 나도 심성이 소심해 매우 아까워하고 아껴두는 편이었는데, 그렇게 아끼고만 있다 보니 있는지조차 모르고 서랍 깊은 곳으로 파고들어만 가는 스티

---

　*　펜텔 트라디오, 에너겔, 마하펜, 팔로미노 연필, 빅 4색
　　볼펜, 샤피 네임펜 등을 좋아해 여러 자루 사두었다.
　　펜이 아닌 것으로는 비망노트, 무인양품 문고본 노트,
　　컴포지션 노트 등을 쟁여두었다.

커들이 너무 많은 게 아닌가. 그래서 그냥 과감하게 서너 판을 사서 두어 판은 보관용으로 두고, 두어 판은 사용하니 마음이 매우 느긋해졌다. 얼마 하지도 않는데 진즉에 이렇게 할걸 하는 억울한 마음마저 들었다.

노트도 마찬가지다. 쓰기에도 아까운 예쁜 표지의 노트는 꼭 두세 권을 사서 한 권은 쓰고 두어 권은 여분으로 보관한다. 가장 자주 쓰는 판형의 노트는 아예 직접 천 권을 만들어서 마음 놓고 신나게 사용하고 있다. 자주 사용하는 A5 용지와 클립, 집게, 각종 메모지들도 책상 한구석에 두고 아낌없이 사용한다.

혹자는 다 쓰고 나서 또 사면 되지 않느냐고 하겠지만 인심은 곳간에서 나온다고 그랬다. 이렇게 많이 쟁여두면 마음 편하게 글도 더 많이 쓰고, 그림도 더 많이 그리고, 작업도 더 활발하게 하는 효과를 얻게 되니 이보다 더 확실한 투자가 있을까 싶다. 문구를 좋아하지만 아까워서 과감하게 쓰지 못하는 나 같은 문구인이 있다면 쟁여두기를 적극적으로 활용해보시라. 확실히 효과가 있다.

나는 꾸준히 쓰고 있다

누군가 내게 가장 좋아하는 문구를 꼽아보라고 할 때면 언제나 난감하다. 나는 세상에 존재하는 모든 문구를 사랑하기 때문이다! 하지만 정말 딱 하나만 고르라고 한다면 미도리 노트를 고르겠다. 부디 다른 문방구들이 섭섭해하지 않기를 바랄 뿐이다(나는 너희 모두를 사랑한단다).

뭐라도 쓰지 않고는 배길 수 없다

지금까지 약 스무 권 정도의 미도리 노트를 일기장으로 썼다. 미도리는 내가 가장 좋아하는 문구 브랜드이자, 처음으로 아카이빙의 재미를 느끼게 해준 노트이다. 아무 데나 쓰고 잘 잃어버리는 바람에 기록은 많이 했어도 막상 찾으면 잘 찾을 수가 없었는데, 다행히 미도리를 쓰게 된 후부터의 일상들은 차곡차곡 잘 쌓여 있다. 라벨 스티커가 동봉되어 있어 'vol 1', 'vol 2'처럼 번호를 매겨 보관할 수 있는 덕이다. 분주히 쓴 문장과 그림들로 빽빽이 채운 일기장들이 책장의 한쪽을 차지해나가는 과정이 기분 좋아 꾸준히 쓰고 있는 게 5년째다.

만년필을 즐겨 쓰던 시절 여러 종이 테스트에 실패해가며 이를 부득부득 갈면서 절대 비치지 않을 종이를 찾다가 미도리 노트를 만났다. 미도리에서 자

체 개발한 MD페이퍼는 얇지만 뒤로 잉크가 쉽게 번지지 않는다. 종이질은 취향을 많이 타서 사람마다 선호가 다르겠지만, 얇은 미색에 종이를 넘길 때 나는 차락차락 경쾌한 소리가 질리지 않고 좋은 걸 보면 미도리는 나와 궁합이 잘 맞는 노트임은 틀림이 없다. 게다가 가죽과 종이의 조합을 사랑하는 내게 미도리는 가죽 커버와 함께 쓸 수 있다는 점에서도 매력을 발산했다.

대학생 때는 미도리 트래블러스 노트를 사용했다. 트래블러스 노트는 가죽 커버 안의 노트와 부속품을 갈아 끼울 수 있는 얇은 여행용 노트로, 참(charm)이나 부속품을 달고 각인을 하는 등 꾸미는 재미가 쏠쏠해 마니아도 꽤 많다. 다른 노트에 비해

얇아서 첫 장부터 끝 장까지 다 쓰는 데 그리 오랜 시간이 걸리지 않는 것이 내겐 재미있게 꾸준히 기록하는 데 큰 도움이 되었다. 요즘에 주로 쓰는 미도리 MD노트는 표지부터 내지까지 모두 종이로만 만들어진 심플한 플레인 노트로, 규격 사이즈에 맞춰 몇 가지 종류의 속지가 있다. 처음 개봉할 때 얇은 기름종이를 걷어내면 나오는 새하얀 종이 속살을 보면 뭐라도 쓰지 않고는 배길 수 없다. 개인적인 취향으로 노트의 맛은 무지라고 생각한다. 글씨가 크고 비뚤비뚤해서 선이나 방안이 그려져 있으면 왠지 모르게 틀에 갇히는 기분이 든다. 그래서 노트는 99퍼센트 무지를 사용한다.

결국 나를 여기까지 데려다주었다

오래 썼으니만큼 에피소드도 몇 있다. 그중 기억에 남는 건 미도리 노트 덕에 두 개의 면접에 합격한 것(이라고 믿고 있다. 이제 와서 '이것 때문에 저 뽑으신 것 맞죠?' 물을 수는 없는 노릇이니). 첫째는 모 대외활동 면접. 늘 가지고 다니며 쓰던 노트를 잠깐 면접장에게 보여드렸는데, 활동이 끝나갈 무렵에 근래 들어 본 것 중 가장 인상적이었다고, 큰 영감을 받았다고 말씀하셨다. 나에게 일상적인 것이 누군가

내 인생이 하나의 책장이라면...

에게는 자극이 될 수도 있구나 하는 감동이 밀려와 그 날 늦게까지 쉬이 잠들지 못했다. 둘째는 지금 다니는 회사의 면접. 지원서의 '좋아하는 것' 란에 '가죽 노트와 만년필'이라고 썼는데, 이사님이 실은 그 부분 때문에 면접을 보고 싶었다고 하셨다. 혹시 지금도 가지고 왔느냐고 물으시길래 곧장 가방에서 꺼내 신나게 자랑했다. 좋아하는 것이 결국 직업에까지 나를 데려다주었다.

　이전의 미도리를 다 쓰고 새 미도리로 넘어가는 건 내겐 신성한 의식이다. 크기도 색깔도 같은 노트를 사는 건데 뭐가 특별할까 싶어도, 왠지 모르게 매번 경건한 마음이 든다. 수백 권의 책으로 이루어진 내 인생의 책장에서 이제 막 한 권을 끝내고 또 다른 권으로 넘어가는 기분이랄까. 옛날 일기장을 펼쳐보며 과거의 내가 어딜 갔는지 누굴 만났는지 찾아보는 것도, 당시에 했던 생각을 훔쳐보는 것도, 기록 스타일이 변한 것을 느끼고 신기해하는 것도, 옛 연애의 기록을 보며 이불킥을 하는 것도 쌓인 일기장만이 안겨줄 수 있는 즐거움일 것이다. 기록하기 좋은 도구들을 만나 나는 꾸준히 쓰고 있다. 훗날 나의 기록들을 펼쳐놓고 삶을 회고하는 것도 멋진 일이겠다 싶지만, 그저 기록하는 그 순간들이 재미있고 좋다. 미도리는 앞으로도 꽤 오래 함께할 것 같다.

검정 마블 패턴만 봐도 아직까지
두근두근한 마음을 보면

컴포지션(composition) 노트는 미국에서 흔하디흔한 '국민 노트'다. 검은색 마블 패턴에 거친 질감의 유선 내지, 둥그렇게 감싸인 책등을 가진 이 노트는 미국 문구의 상징이라고도 할 수 있다(심지어 아이폰 이모지도 있으니 말 다했다!). 미국에서 산 적이 있는 친구들에게 "컴포지션 노트를 아주 좋아하는데 말이야…"라고 하면 대부분은 "그 흔한 걸 왜?"라는 반응이 돌아온다. 그러게. 나는 언제부터 이 노트에 대한 환상을 가지게 됐을까?

컴포지션 노트와의 미스터리한 첫 만남

내가 초등학생 때 우리 집 앞 문구점에서는 컴포지션 노트를 팔았다. 작은 동네 문구점에 미국 제품이 들어와 있던 것이 지금 생각해보면 좀 의아한 부분인데, 추측해보건대 주인아저씨나 친지분 누군가가 사온 소량의 물건을 파셨던 게 아닐까 싶다. 물론 이제 와서 확인할 길은 없지만 말이다. 상당히 미스터리한 첫 만남 이후로는 한국의 어디엘 가도 같은 노트를 구할 수 없었다. 그렇게 컴포지션 노트는 내 초등 시절의 추억을 안고 기억 저편으로 사라졌다.

흔한 문구인 만큼 미국의 하이틴 영화에는 컴포지션 노트가 꼭 등장한다. 사랑은 색안경이라고 했던

가, 내겐 영화나 드라마의 장면에서 컴포지션 노트를 기가 막히게 찾아내는 신기한 능력이 생겼다. 마치 컴포지션 노트 탐지기처럼 말이다. 저 멀리 책장에 꽂혀 있거나 학교 교정에서 엑스트라들이 껴안고 있는 컴포지션 노트를 나는 소머즈처럼 잘도 발견하고는 혼자 반가워하곤 했다. 〈하이스쿨 뮤지컬〉, 〈맨 인 블랙〉, 심지어 최근에 릴리즈된 넷플릭스의 〈기묘한 이야기〉까지 장르를 불문하고 종종 등장하니, 나처럼 컴포지션 노트를 좋아하거나 시간이 많은 사람들은 한번 눈을 크게 뜨고 찾아보길 바란다.

이 사랑의 유통기한은

　어렴풋한 향수로 남아 있던 컴포지션 노트에 대한 사랑의 불씨가 다시 지펴진 건 지난 뉴욕 여행 때였다. 지금에야 직구가 있지만 중고등학교 때는 구하고 싶어도 구할 수 없어 약이 바짝 올라 언젠가 미국에 가게 된다면 반드시 컴포지션 노트를 사오리라 다짐을 했더랬는데, 마침내 미국 땅을 밟게 되었으니 우선은 열 일 제쳐놓고 구입하고 볼 일이었다. 뉴욕에 도착하자마자 컴포지션 노트를 찾기 시작했다. 그런데 '찾는다'는 표현이 무색할 만큼 문구점은 물론이고 마트, 서점, 편의점 등 거의 없는 곳이 없었다. 게다가 가격도 1~2달러 남짓. 얼마나 흔하던지 처음에는 신나게 사 모으다가 슬쩍 허망해지기까지 했다. 아니, 이렇게 구하기 쉬운 걸 그동안 얼마나 찾아 헤맨 거야.

　여행 내내 여기저기서 사 모은 컴포지션 노트는 금세 스무 권이 넘어버렸다. 컴포지션 노트는 브랜드 이름이 아닌 일반 명사라 아주 여러 브랜드에서 나오기 때문에 디자인도, 판형도, 가격도, 색깔도 천차만별이다. 저녁마다 한쪽에 쌓여가는 나의 컴포지션 콜렉션들을 보며 흐뭇해했다. 기왕 꽂힌 김에 탄력을 받아 더 찾아보니 이 노트, 백 년도 넘은 오래된 역사

만큼 재미있는 스토리도 많은 게 아닌가. 심지어 바스키아, 리히텐슈타인 등 미국 출신의 아티스트들이 즐겨 썼단다. 지금껏 아티스트의 노트로는 몰스킨만 떠올렸는데 개인적으로는 좀 더 대중적인 이미지의 컴포지션 노트에 더 정이 간다. 뿐만 아니라 현대 버전으로 재해석해 이슈가 된 'comp 펀딩 프로젝트'*, 25년 동안 80여 권의 컴포지션 노트를 사용했다는 디자이너**의 이야기 등 관련된 다양한 스토리를 접하게 되니 이 노트의 매력에 더욱더 빠져들고 말았다.

집으로 돌아온 나의 캐리어는 다양한 컴포지션 노트로 가득 차 있었다. 여행 이후로도 한참 그 매력에서 빠져나오지 못하고 마블 패턴으로 여러 작업을 하다가 급기야는 뉴욕에서 쓴 책 『뉴욕규림일기』의 표지와 사은품도 컴포지션 노트로 만들어버리고 말았다. 그렇다. 나는 뭔가 하나에 꽂히면 소름 돋게 끝장을 보는 편인데, 그게 문구류라면 사태는 더 심각

---

* 디자이너 애런 페이(Aron Fay)가 킥스타터에서 진행한 프로젝트. 노트뿐만 아니라 함께 만든 에코백과 배지마저 아름답다.

** 디자이너 마이클 비어루트(Michael Bierut)의 이야기다. 30년간 사용한 컴포지션 노트를 활용해 전시를 하기도 했다.

해진다. 이렇게 푹 빠졌다 나온 브랜드들만 해도 이미 여럿이지만 어릴 때의 추억이 깃든 컴포지션 노트는 어쩐지 조금 더 각별하다. 검정 마블 패턴만 봐도 아직까지 두근두근한 마음을 보면, 이 사랑의 유통기한은 아직 넉넉한 것 같다.

만년필에는 '굳이'라는 단어가 어울리죠

만년필에는 '굳이'라는 표현이 어울린다. 사실 뭔가 쓰려고 할 때 손에 집히는 필기구를 아무거나 집어 쓰면 그만이다. 이럴 때 볼펜이나 사인펜은 고장 날 일도 없고 잉크를 넣을 필요도 없어 간편하다. 이 편한 걸 눈앞에 두고도 매번 컨버터에 잉크를 넣어줘야 하고, 잉크가 마르거나 터져버려 곤란해지기도 하는 만년필을 가지고 다니는 건 굳이 안 해도 되는 귀찮은 일을 하기로 결심하는 일이기도 하다. 일에서 효율성을 주창하는 내가 아이러니하게도 이 불편함을 계속 감수하는 걸 보면 편하고 빠른 것만이 내게 만족을 안겨주는 건 아닌 모양이다.

정말 여간 수고로운 일이 아니다

마음을 전하기 위해서는 전화나 문자 한 통이면 되고, 글을 쓰려면 어디서든 핸드폰이나 키보드로 빠르게 치고 또 수정하면 된다. 이제는 어떻게 표현할까 고심하며 설레거나 무엇을 쓸지 생각을 정리하는 시간보다 다짜고짜 표현하는 시간이 더 많아진 것 같다. 그게 훨씬 효율적이기 때문이다. 그러나 돌이켜보면 기억에 남는 순간들은 대부분 비효율적 시간들에 있다. 빨리 할 수 있는데도 굳이 시간과 노력을 들여 한 것들. 이를테면 전화로 할 말을 느릿느릿 손편

지로 쓴다든지, 파워포인트 기본 기능으로 빨리 만들 수 있는 자료를 굳이 손으로 그리고 써서 만든다든지 하는 것들. 그리고 이런 비효율적인 일엔 왠지 만년필이 어울린다.

정말이지 만년필을 사용하는 건 여간 수고로운 일이 아니다. 어여쁜 색의 잉크도 실제로 넣어서 획을 그어보기 전까지는 정확히 어떤 색깔이 나올지 알 수 없고, 검정 잉크도 농도별로 달라서 써보기 전에는 내가 원하는 검정이 맞는지 계속 테스트를 해봐야 한다. 또 아무리 오래 쓴 만년필도 잠깐 안 쓰면 잉크가 굳어버려 따뜻한 물에 씻어 녹여줘야 한다. 이럴 때면 마치 오랫동안 만나지 못해 삐진 친구를 어르고 달래는 듯한 느낌이 들기도 한다. 그리고 그런 수고로움 속에서 '이걸 마지막으로 사용한 적이 언제였지? 그동안 책상에 앉아 쓸 틈도 없이 바쁘게 살았구나' 하면서 지난 시간을 돌아본다. 가만히 앉아 컨버터에 잉크를 빨아올리는 의식을 치르는 순간에도 갖가지 생각이 떠오른다. '첫 단어는 어떤 걸 써볼까', '어떤 종이에 써야 원하는 농도대로 알맞은 색이 나올까' 생각하다가 마지막에는 '굳이 이런 귀찮은 과정을 감수하면서 만년필을 쓰는 이유는 뭘까'라는 생각에 이른다.

　　생각해보니 나는 굳이 수고를 들이는 일들을 좋아한다. 칼로 연필을 깎고, 매일 시계의 태엽을 감고, 일력을 뜯고, 전기포트를 놔두고 가스레인지에 물을 끓인다. 이런 비효율성을 감내하는 건 그만큼 마음에 여유가 있다는 걸 뜻한다(바쁠 땐 일력도 밀리고 시계도 멈춘다). 그래서 나는 내 일상 속에 항상 쓸데없는 일들이 조금씩 자리하고 있기를 바란다. 빠르게 움직이는 일상 속에 수고로운 것들이 비집고 들어올 틈이 있다는 건 잘 살고 있다는 반증이기도 하기에.

늘 반갑고 좋은 기억만 남기는 사람들이 있듯

　　만년필로 시작했다가 수고로움 예찬이 되어버렸지만 다시 우리의 화제로 돌아오자면, 만년필에는 '길들인다'는 표현을 쓴다. 내가 만년필을 사랑하는

또 다른 이유다. 이 표현을 중학생 시절 처음 만년필을 선물 받았을 때 들었는데, 오랫동안 마음에 남는다. 오랜 시간 써서 나에게 꼭 맞는 형태로 만드는 것. 내가 표현하고자 하는 것을 가장 잘 표현할 수 있는 수단으로 만들어나가는 것. 일방적으로 소유하거나 사용하는 게 아니라 서로 교감하고 맞춰나가는 상대로서의 필기구라니 얼마나 매력적인가. 내가 도구를 길들이기도 하지만, 실은 내가 도구에 길들여지기도 한다. 서로에게 단 하나뿐인 존재가 되어가는 것.

올해로 만년필을 쓰기 시작한 지 15년쯤 됐다. 오래된 편한 친구들 앞에서 자연스러운 내 본모습이 나오듯이, 오래 쓴 만년필을 잡으면 중고등학생 시절의 내 반가운 글씨들이 튀어나온다. 오랜만에 만나도 늘 반갑고 좋은 기억만 남기는 사람들이 있듯, 만년필은 내게 그런 존재다.

"스티커 많이 주세요"

스티커는 때로 브랜드를 소유할 수 있는 가장 값싼 수단이 되기도 한다. 실제 제품을 사려면 비싸지만 스티커 정도는 큰 부담이 되지 않는 가격이기 때문이다. 스트리트 패션 브랜드 '슈프림(Supreme)'의 스티커가 대표적인 예다. 매장에서 제품을 사야 받을 수 있는 슈프림 스티커는 가품도 시중에 많이 풀려 있긴 하지만, 누군가가 실제로 제품을 사고 받은 스티커는 정품이라는 이름으로 한 장에 몇천 원에서 만 원까지 거래되기도 한다. 그 정도면 스티커 몇백 장을 직접 만들 수 있는 값이긴 하지만 여전히 '정품 슈프림'을 소유하기에는 꽤 저렴한 가격이다.

그런 의미에서 스티커는 브랜드 입장에서도 가장 만만하면서도 효과가 뛰어난 판촉물이다. 단가는 기껏해야 개당 몇십 원 안팎이지만, 효과는 다른 어떤 것보다 뛰어나다. 우선 핸드폰이나 랩탑, 노트 등에 붙이면 하루에도 몇 번씩 보게 되니 홍보 효과가 크다. 게다가 기성품 스티커 가격이 천 원~3천 원 정도로 형성되어 있어 무료로 줄 때 브랜드 입장에서는 은근히 생색(?)을 낼 수 있다. 그러므로 브랜드에서 배포용 스티커를 만든다면 매일매일 보고 싶도록 멋지고 예쁘게 만드는 것이 매우 중요한 미션이 된다.

무료로 배포하는 스티커는 판 스티커보다 그래

픽 하나가 들어 있는 조각 스티커가 월등히 많다. 그
도 그럴 것이 이미지나 메시지가 하나로 집중되고,
제작 단가도 저렴할뿐더러 여러 종류를 만드는 데도
부담이 덜 되기 때문이다. 패션 브랜드, 빵집, 책방,
커피숍, 각종 행사 및 콘서트 등 여기저기서 받은 스
티커를 모아 지퍼백에 보관하는데 가끔씩 전부 꺼내
바닥에 펼쳐보고는 혼자서 흐뭇해한다. 적재적소에
이용하면 훌륭한 그래픽 요소가 되기 때문에 언제 어
디에 개시하면 좋을지 행복한 고민을 하곤 한다.

　　그렇다면, 사람들이 노트북이나 캐리어에 스티
커를 정신없이 붙이는 심리는 무엇일까? 아마 내가
좋아하는 브랜드나 아티스트를 가장 쉽게 내보일 수
있는 수단이기 때문일 것이다. 마치 좋아하는 브랜드
의 페이스북 페이지에 '좋아요'를 눌러놓으면 내 피

드에서 누구나 확인할 수 있는 것처럼 말이다. 나 역시 좋아하는 브랜드의 스티커를 노트북에 붙여놓고 싶어 제품을 구입한 적이 있다. 배송란에 "스티커 많이 주세요"라는 메시지도 잊지 않았다.

스티커는 크기에 비해 꽤 단단한 아트이자 강력한 표현 도구이기도 하다. 가끔 길거리를 거닐다 스티커로 도배된 벽을 만나면 그렇게나 설렌다. 다닥다닥 붙은 스티커들을 보고 있노라면 저 스티커를 만드는 데 집중했을 누군가의 시간과 예술혼이 고스란히 느껴져 소름이 오소소 돋을 때도 있다. 자기 손으로 만든 것은 아무리 작은 스티커라 해도 그 뿌듯함이 엄청나다. 나도 난생 처음 스티커를 만들고 뿌듯해하던 순간을 잊지 못한다. 그래서 저 스티커들을 벽에 붙이며 그들이 얼마나 기쁘고 뿌듯했을지 상상이 돼 나도 모르게 미소가 지어진다.

그러니 작지만 강한 스티커의 힘을 굳게 믿는 신봉자로서 많은 브랜드들에서 스티커를 좀 더 적극적으로 만들 필요가 있다고 본다. 잘 만든 스티커는 분명히 브랜드 홍보뿐만 아니라 아름다운 세상(?)을 만드는 데도 도움이 된다. 특히 스티커라면 쉽사리 움직이는 나 같은 문구인들을 새로운 고객으로 유치하는 효과도 얻을 수 있을지 모를 일이다.

종이, 이 친구의 매력은 상당했다

오랫동안 인쇄의 유일한 요소는 내용이라고 생각했다. 그런데 이런 내 좁은 생각이 완전히 무너지는 경험을 한 적이 있다. 책 내지를 선택하기 위해 몇 가지 종이에 인쇄 테스트를 해봤는데, 종이에 따라 결과물이 완전히 다르게 나오는 것이 아닌가!* 분명 같은 내용을 인쇄했는데 종이의 질감에 따라 어떤 건 낙서장에 직접 쓴 것처럼 보이고, 어떤 건 시중에 판매하는 인쇄물처럼 보였다. 표지 역시 종이의 질감에 따라 책의 첫인상이 완전히 다르게 다가왔다. 같은 내용도 천차만별로 다르게 보여주는 종이의 힘을 온몸으로 느낀 후 나의 관심은 오로지 종이로 집중됐다. 그렇게 나는 종이의 매력에 흠뻑 취했다.

제품을 만들 때 종이 재질을 수도 없이 선택해봤건만, 실제로 여러 종류의 종이에 같은 내용을 인쇄해보고 비교해볼 기회가 없어서 종이의 위력을 실감하지 못했다. 첫 책을 만들 때 여러 종이에 직접 인쇄를 해보고 종이의 마법을 몸소 경험한 후에야 왜 그렇게 우리 디자이너들이 종이 샘플들과 몇 날 며칠 씨름하며 고민을 하는지, 종이를 사러 왜 그렇게 먼 곳까지 뛰어갔다 오는지 이해가 되었다. 종이를 선택하

* 나의 첫 독립출판물 『도쿄규림일기』를 만들 때였다.

다른다, 안다.

는 건 결과물을 멋지게 담아낼 매력적인 그릇을 찾는 가장 중요한 작업이다. 어디에 담는지에 따라 느낌이 180도 달라지니 종이 선택이야말로 디자인의 마침표를 찍는 일이다. '나는 왜 지금까지 이 멋지고 즐거운 종이의 세계를 몰랐을까', 조금 억울하기까지 했다.

종이 취향이라니, 좀 멋지지 않은가

그러고 보니 필기(筆記) 또한 쓰는 것(보통 펜이나 연필)과 쓰는 곳(보통 노트나 종이), 이 두 가지 요소의 조합으로 이루어진다. 항상 '무엇으로 쓸까'만 생각했는데, 사실 숨어 있던 또 다른 주인공은 '어디에 쓸까', 즉 종이였던 셈이다. 스포트라이트를 잠시 필기구에서 종이로 비추니 이 친구의 매력이 상당했다. 지금까지 볼펜, 사인펜, 만년필을 다양하게 테스트해본 것처럼 종이를 바꿔보면서 번짐, 필기감, 색깔 구현, 비침 등을 테스트하고 연구했다. 그렇게 여러 가지 종이를 사서 그려보고 써보고 인쇄해보며 나와 궁합이 잘 맞는 종이*를 찾는 재미에 빠졌다.

종이에 입문하니 완전히 다른 세계가 열렸다. 백색 종이에 인쇄할 때와 미색 종이에 인쇄할 때의 미묘한 차이를 느끼며 쾌감에 빠졌다. 까끌까끌한 종이와 매끈한 종이에 그릴 때 다른 느낌이 나오는 게 퍽 흥미로웠다. 그뿐일까, 두께도 천차만별이고 미색이라도 그 가짓수가 셀 수 없이 많은 종이의 세계는 파도 파도 끝이 없었다.

때론 내용물보다 그릇에 더 집착할 때가 있다. 같은 음식이라도 어떤 그릇에 담겨 나오느냐에 따라 인상이 완전히 달라지지 않는가. 우리도 저마다 자신에게 잘 맞는 환경에서 최고의 효율을 발휘하듯, 인쇄물이나 필기 내용 또한 마찬가지다. 그래서 요즘은 즐거운 고민이 하나 더 늘었다. '어떤 걸로 쓸까'와 함께 '어디에 쓸까'다. 어떤 종이가 내 결과물에 날개

---

* 따뜻한 느낌을 주는 미색 종이가 낙서 같은 나의 그림을 담기에 더 적절하다는 생각을 했다. 당시엔 미색 모조지와 두성종이의 에이프랑 아이보리화이트에 꽂혔다.

를 달아줄지, 어디에 그리는 게 내 필기구와 궁합이
잘 맞을지 예민하게 선택하는 것이 일상이 되어간다.

　　종이 취향이라는 것이 생기다니, 좀 멋진 일 아
닌가. "저는 백색보다 미색 용지, 도공지보단 비도
공지, 중량은 100그램 이상의 두터운 용지를 선호합
니다"라고 괜히 있어 보이는 말도 해볼 수 있고 말이
다. 아는 것이 늘어갈수록 일상은 한층 더 풍성해진
다. 매일 이렇게 무언가를 새로 알아갈 수 있어서 즐
겁다.

형광펜 공개수배

문구에 관해 궁금한 것은 꼭 물고 늘어져 찾아보는 덕에 대부분의 궁금증은 빠른 시일 내에 풀리긴 하지만, 지금까지 단 하나 미스터리로 남아 있는 것이 있다. 아주 사소해 보일지 몰라도 중학교 때부터 궁금해한 것이니 벌써 15년 묵은 것이라 내겐 꽤 중대한 문제다. 이 미스터리를 꼭 풀고 싶다.

중학교 때 친구가 쓰던 스타빌로(Stabilo)사의 길쭉한 형광펜(지금의 swing cool 모델 형태)이 그 주인공이다. 그 펜의 신기한 점은 쓸 때는 다른 형광펜과 마찬가지로 아주 쨍한 형광 노란색인데, 신기하게도 10분 후쯤이면 형광기가 쏙 빠지고 샛노란색으로 변한다는 점이었다. 원래의 기능인지, 잉크에 문제가 있었던 건지, 그 원리가 궁금해 아무리 찾아봐도 모델명조차 나오지 않았다.

지금에야 형광기 빠진 마일드한 색상의 형광펜도 많이 나왔지만(형광기가 빠졌으니 더 이상 형광펜이라 부를 수 있을지는 모르겠다) 당시에는 형광기가 빠진 샛노란색 자체가 가히 충격적이었다. 그 펜이 새록새록 생각나 해외에 나갈 때마다 스타빌로 코너를 돌아봤지만 도무지 찾을 수 없었다. 아직까지도 기회만 생기면 찾아 헤매고 있는데 역시나 별 소득이 없다. 이렇게 이 형광펜은 모델명도 알아내지 못한

채 내 인생 희대의 미스터리로 남아 있다. 혹시라도
이 형광펜의 정체를 아는 분이 있다면 꼭 제보 주시길
바란다.

오늘은 또 어떤 문구점에 가볼까나?

문구인들 사이에서 나름대로 서울의 3대 문방구라고 불리는 곳이 있다. 바로 홍대의 호미화방, 고속터미널의 한가람문구, 남대문의 알파문구 본점이다. 문구점마다 저마다의 매력과 특성이 있기 때문에 어떤 문구점이 좋은 문구점이라고 말하기는 어렵지만, 적어도 세 문구점의 공통점을 파헤쳐보면 그 역사가 상당히 오래되었고, 규모가 크며, 화구를 포함한 다양한 문방구를 갖추고 있다는 점이겠다.

서울의 3대 문방구

호미화방은 1970년대부터 미대생들의 미술용품 보급을 책임져온 홍대의 오래된 화방이다. 와자지껄한 거리를 걷다가 호미화방 입구로 들어서면 난데없는 고요함과 평화가 펼쳐지는데 이 낙차가 꽤 재미있다. 웬만한 미술용품은 전부 구비되어 있어 오히려 없는 것을 찾는 게 더 빠를 정도다. '홍대'와 '예술'이라는 단어가 주는 묘한 로망 때문일까, 수많은 예술가들이 지나간 곳이어서일까, 호미화방에만 가면 왠지 예술가라도 된 기분으로 화구들을 한 아름 구입해 나오곤 한다.

강북에 호미화방이 있다면 강남에는 한가람문구가 있다. 한가람문구는 고속터미널 지하에 위치한

30년 전통을 자랑하는 화방이다. 규모가 꽤 커서 다 돌아보려면 시간이 꽤 걸린다. 1, 2센터로 나뉘어 있어 한쪽에서는 전문가용 화구와 부자재 일체, 다른 한쪽에서는 좀 더 대중적이고 일반적인 문구들을 만나볼 수 있다. 세 문구점 중에서는 집과 가장 가까워서 자주 방문하는데, 갈 때마다 두세 시간 정도는 잡고 마음 편하게 쇼핑하곤 한다.

다음은 남대문의 알파문구 본점. 전국에 수백 개의 매장이 있는 알파문구의 본점은 남대문에 있다. 문구 거리의 랜드마크인 남대문 알파문구 본점은 입구가 좁아 밖에서 봤을 때는 그리 커 보이지 않지만 막상 안으로 들어가면 지하부터 4층까지 규모가 상당한 것을 알게 된다. 앞서 두 곳이 화구를 주로 취급한다면 남대문 알파문구는 종합 문구점답게 화구뿐만 아니라 지류, 완구, 전산용품 등 다루는 제품이 방대하다. 심지어 지난해에는 5층에 문구 박물관이라는 작은 전시 공간도 열었는데, 나는 이 공간 덕분에 알파문구가 더 좋아졌다. 문구점이 문구를 다루는 진지한 자세가 사뭇 감동적이기 때문이다.

사람들마다 개성과 특징이 뚜렷하듯 문구점들도 그렇다. 같은 문구점이어도 취급하는 물품과 진열 방식에서 스타일이 조금씩 다르고, 규모와 인테리어,

어디 재미있는 문구 없나~

사장님에 따라서도 인상이 천차만별이다. 탐방할 만한 크고 작은 문구점이 있다는 사실은 언제나 마음 든든한 일이다. 오늘은 또 어떤 문구점에 가볼까나?

문구점에 없는 문구

문구점에서 문구류를 사는 것이 일반적이지만 문구점이 아닌 곳에서 만나는 문방구도 흥미롭다. 곳곳에 산재해 있는 다양한 '문구점 아닌 문구점'들을 소개해본다.

첫째, 동묘. 빈티지를 사랑하는 나는 주말에 종종 동묘에 들른다. 낡디낡은 물건들 사이에 숨겨진 보물을 찾는 재미가 쏠쏠한데, 개중에는 훌륭한 문구들도 많다. 60년대에 나온 오래된 계산기, 네 개에 천 원짜리 가위, 옛날 잡지, 오래된 기차표 등. 때가 묻었거나 먼지가 쌓인 것들은 닦아내면 금세 새것이 되기 때문에 말끔히 닦아낸 후의 모습을 상상해보는 것이 좋다. 동묘에서 건져 올린 것들은 요새 물건들과 섞어두면 조합도 좋다. 물론 싼 가격도 메리트다.

둘째, 서점. 서점에서도 좋은 문구를 많이 발견할 수 있다. 책은 언제나 문구의 좋은 친구니까. 특히 해외에는 굿즈를 활발하게 제작하는 서점들이 많아 책에 관련된 문구나 책표지 콘셉트를 활용한 재미있는 상품들을 많이 만날 수 있어 꼭 들르곤 한다. 특히 뉴욕의 스트랜드 서점은 로고 하나로 수천 개의 MD 상품을 만든 엄청난 변주가 퍽 인상적이었다. 한국에서는 알라딘서점 굿즈도 아주 좋아한다. 책을 모티프로 다양한 문구를 만들어내는데 그 콘셉트와 스토리가 아주 재미있다. 독립서점에서는 개인 창작자가 소량씩 만들어서 판매하는 굿즈를 많이 취급해 레어한 문구를 종종 만날 수 있다.

셋째, 공구상. 공구상도 빠질 수 없는 좋은 문구점이다. 을지로의 한 공구 거리에서 산 수납장을 문구 보관함으로 잘 활용하고 있다. 펜, 스티커, 테이프, 엽서 등이 어지럽게 널브러져 있어 정리가 필요했는데 저렴한 가격에 데려왔다. 원래는 못이나 전선 등을 보관하는 공구용 수납장인데 깊이가 펜 넣기에 제격이었다. 게다가 공구상에는 흥미로운 형태의 커터 칼이나 가위 등이 많아서 자세히 보다 보면 흥미로운 문방구를 발견할 수 있다.

넷째, 옷가게. 최근 들어 문구류로의 확장에 관심을 두는 패션 브랜드들이 점점 늘어나고 있다. 그러다 보니 패션 브랜드에서도 문구를 왕왕 만날 수 있다. 이런 트렌드를 보고 있자면 꽤 재미있다. 의류나 가방보다는 상대적으로 가격이 저렴해 부담이 적기 때문에 후킹 상품으로 문구가 적절하다는 것이 그 이유란다. 실제로 계산대 앞에서 자체 제작한 펜이나 스티커, 엽서, 라이터 등을 파는 곳이 눈에 띄게 많아졌다. 요즘 핫하다는 의류 브랜드에서 페이퍼웨이트(문진)까지 나왔으니 말 다했다. 패션 브랜드들의 경우 그래픽적으로도 훌륭한 문구 상품들이 많이 나와 나는 이런 흐름을 두 팔 벌려 환영하고 있다. 덕분에 오늘도 장바구니는 무거워져만 간다.

문구점이 아닌 곳에서 사는 문구들은 예상하지 못한 곳에서 만난 의외성 때문인지 좀 더 반갑고 기억에도 오래 남는다. 오늘도 열심히 돌아다니고 열심히 주위를 둘러본다. 이것도 문구로 쓸 수 있지 않을

까, 저건 책상에 들여놓으면 새로울 것 같은데, 하면
서 열심히도 주워 모은다. 이곳저곳에서 각자의 이야
기를 품고 모여든 문방구는 집에 쌓이고 쌓여 작은 우
주가 된다. 오늘은 어디서 어떤 재미있는 문구를 만
나게 될까?

꼭 필요해야만 사나요?

이미 들킨 것 같지만, 나는 소비를 사랑하다 못해 예찬한다. 지금의 내 모습을 만드는 데 가장 크게 일조한 게 소비이고, 나의 삶을 구성하는 중요한 요소도 소비라고 굳게 믿고 있다. 21세기 트렌드라는 '심플한 삶', '비우는 삶'에 대해 아무리 일장연설을 들어도 나는 전혀 공감이 안 될뿐더러 마치 나와는 상관이 없는 다른 세상의 이야기를 듣는 것 같다. 물건을 사기 전에 스스로에게 '꼭 필요한가?'라는 질문을 던지라고 하는데, 예전에는 그 말이 마음에 걸려 이런저런 핑계를 대며 사곤 했다. 그런데 갑자기 억울한 마음이 드는 게 아닌가. 어차피 살 거 당당하게 사면 되지 않나. 그래서 이제는 조금 뻔뻔해지기로 했다. '근데 꼭 필요해야만 사나요?' 이렇게 자문하고 '아니, 꼭 필요한 물건만 사라는 법은 없지' 혼자서 대답한다. 더구나 세상에 진짜로 필요한 물건들만 존재한다면 얼마나 재미없을까. 아, 상상하는 것만으로도 끔찍하게 지루해진다.

수천 종류가 넘는 검정 볼펜들의 존재 이유

문구도 마찬가지다. 똑같은 게 집에 있는데 왜 자꾸 사느냐는 질문에 "그건 이것과는 달라. 이건 이런 기능이 있다구"라고 구구절절 핑계를 대곤 했다.

그러다가 문구 소비에는 '실용적'이라는 단어 자체가 적절하지 않다는 걸 이내 깨달았다. 사실 글씨를 쓰기 위해서는 종이 한 장과 펜 한 자루만 있으면 된다. 누군가에게는 문구가 정말 딱 그 정도의 존재일지도 모른다. 하지만 실용성만을 가지고 논하기에는 수많은 문구점들에 꽉꽉 들어찬 수천 종류가 넘는 검정 볼펜들의 존재 이유를 좀처럼 설명하기 어렵다. 펜뿐만 아니라 다른 문구들도 그렇다. 자르기 위해서라면 가위 하나, 칼 하나만 있으면 되는데 내 책상과 서랍에는 재질과 컬러가 다른 수십 개의 칼과 가위가 있고, 언제 쓰일지도 알 수 없는 수많은 스티커들과 엽서들과 새 노트들이 있다. 그렇다. 문구의 세상은 결코 실용성만으로 돌아가지 않는 것이다.

나는 쓸데없는 것들의 힘을 믿는다. 생필품들은 삶을 이어나가게 해주지만 삶을 풍성하게 하는 것은 쓸모없는 물건들이다. 상상해보라. 책상 위에 연필 한 자루, 종이 한 장만 덜렁 놓여 있다면 참으로 팍팍할 것이다. 그 옆에 예쁜 다이어리, 형형색색의 펜, 그 펜들을 담을 펜 트레이, 이렇게 저렇게 꾸밀 스티커와 마스킹테이프, 어여쁜 스탬프와 엽서들이 놓여야 비로소 사람 사는 냄새가 나는 책상이 된다. 내가 유난스러운 편 아니냐고? 글쎄, 그건 SNS의 문구 피드만 봐도 금세 알 수 있다. 세상에 나 같은 문구인들이 꽤 많이 존재한다는 것을(매번 눈으로 확인하고 안도감을 느끼곤 한다).

뻔뻔해지기로 한 김에 내가 가진 수많은 쓸데없는 문구 중에서도 실용성 면에서 가장 떨어지는 문구 세 가지를 꼽아보겠다. 첫째, 그냥 써도 되는 걸 굳이 무겁게 들고 다니는 가죽 노트커버. 둘째, 두 자루밖에 안 들어가는 펜 스탠드. 셋째, 카웨코(Kaweco)사의 황동 샤프(무거워서 그야말로 관망용이다). 그런데 이 세 개는 문구 중에서 내가 가장 좋아하는 물건들이기도 하다. 명확한 쓸모는 없지만 보는 것만으로 매일 나의 기분을 즐겁게 만들어준다.

그러니 오늘도 문구를 사면서 실용성을 잣대로

죄책감을 느끼는 사람들, 굳이 실용적인 핑계를 찾아 소비를 하고 있을지 모르는 문구인 친구들에게 전하고 싶다. 문구의 진짜 가치는 실용성과는 별개의 문제라고. 그러니 나도 더 이상 핑계 대지 않으려 한다. 예뻐서, 귀여워서, 써보고 싶어서, 그냥 사고 싶어서, 저걸 사면 오늘 하루가 더 나아질 것 같아서. 문구를 사고 싶은 이유는 실용적이라는 이유 말고도 너무나 많으니, 우리는 좀 더 당당해질 필요가 있다.

문방구들은 묘하게 그 도시들을 빼닮았다

'여행 필수 코스'라는 말에 진저리를 친다. 그 코스는 대체 누가 만드는 것인지에 대한 강한 의구심과 함께, 그곳들에 들러보지 않으면 진정한 여행이 아니라는 듯, 헛걸음 한 거나 마찬가지라는 듯이 말하는 것도 마음에 들지 않는다. 여행자들이 다 같은 곳에서 같은 것을 본다면 그것을 좋은 여행이라고 말할 수 있을까. 사람의 취향과 여행의 목적이 셀 수 없이 다양한데 필수 코스 하나로 다른 사람들의 여행을 규정하는 것은 너무 폭력적인 행동이다.

굳이 멀리서 찾지 않아도 주변의 가까운 사람들 중에는 저마다 다양한 이유로 여행을 하는 사람이 많다. 피규어를 사기 위해 교토에 가는 사람, 츠케

멘을 먹기 위해 도쿄에 가는 사람, 러닝하러 베를린에 가는 동료, 건축물 하나를 보기 위해 제주에 간 친구, 온종일 서핑하러 처음 들어보는 섬에 간 동료 등. 이들에게는 남들이 흔히 거론하는 관광지나 코스가 별로 중요하지 않다. 자신의 소기의 목적만 달성하면 이미 성공적인 여행이기 때문이다.

여행과 관련한 나의 취향은 역시나 문방구다. 여행지에서 굳이 문구점들을 지도에 찍고 찾아다니지 않아도 나의 안테나는 언제나 문구를 향해 있기에 의도하지 않아도 매번 문구 여행이 되고 만다. 문구, 文具, stationery, văn phòng phẩm… 문구와 관련된 단어는 귀신같이 알아보고 들어간다. 그때 나의 진짜 여행도 비로소 시작된다.

나라마다 문구점의 뚜렷한 특징과 차이점들이 있는데 이걸 들여다보면 참 재미있다. '멜팅팟(melting pot)'이라는 별명답게 여러 나라의 문구들이 조화롭게 섞여 있는 뉴욕의 문방구*, 문구의 나라

---

* '굿즈포스터디(Goods for the study)'가 특히 좋았다. 한국의 알파문구 같은 존재인 '스테이플스(Staples)' 매장에는 틈만 나면 들어갔다. 뉴욕의 문방구에 대한 자세한 정보는 『뉴욕규림일기』를 참고하시라(전국 교보문고에서 만날 수 있다).

답게 상상을 초월한 문구들이 빼곡히 쌓여 있는 도쿄
의 문방구*, 어쩜 이렇게 대충대충 과감하게 만들었
을까 싶어 웃음이 나는 문구들로 가득한 베트남 문방
구까지. 문방구들은 묘하게 그 도시들의 특징을 쏙
빼닮았다. 나는 이렇게 대부분의 도시들을 문방구의
이미지로 기억한다.

　　게다가 문구는 기념품으로서의 역할도 아주 훌
륭하게 수행해낸다(값이 저렴하고 비교적 무거운 지
류는 그 나라에서 만드는 게 물류비 절감에 도움이 되
기 때문에 그 나라에서 제작된 이른바 'made in ○○'

＊　　신주쿠의 '세카이도', 나카메구로의 '트래블러스 팩토리',
　　긴자의 '이토야'를 특히 좋아한다.

제품도 쉽게 만날 수 있다). 여행 중에 세계 이곳저곳에서 데려와 일상 가까이에 두고 오래도록 쓸 수 있다는 점이 문구의 참 매력이다.

해외에 가면 문방구에 들러 사는 것이 있는데 바로 안내판이다. '접근 금지'나 '전기 조심,' '미세요', '당기세요' 같은 사이니지들은 그 나라 문화와 언어를 담고 있어 재미있을 뿐만 아니라 조형적으로도 꽤 흥미롭다. 그냥 스티커의 용도로 쓰기도 하고, 벽에 장식용으로 붙여놓기도 한다.

이 글을 쓰면서 내 책상 위 문구들을 살펴보니 과연 그 출신지들이 다이내믹하다. 태국산 보라색 칼, 베트남산 초록 가위, 일본에서 산 연필깎이와 줄자, 미국에서 사온 스티커와 컴포지션 노트. 하나하나 볼 때마다 그것들을 샀던 당시 그 나라 문구점의 전경이 하나둘씩 스친다. 우연히 들른 먼지 가득한 문구점에서 보물처럼 발견한 학용품 세트, 킥보드를 타고 지나가다 이끌리듯 장난감 가게에 들어가 샀던 스마일 스티커 등 여행의 순간을 가득 머금고 있는 문구들을 바라보고 있노라면 그 순간들이 눈앞에 생생히 펼쳐져 잠시나마 흐뭇해진다. 그리고 보면 여행과 문방구, 썩 좋은 조합이다.

행동하는 문방구

소비 예찬론자인 나는 새 물건이 가져다주는 에너지의 힘을 신봉한다. 좋은 아이템이 장착되면 잘 싸우는 게임 캐릭터처럼 나도 새 문구를 살 때마다 일주일치 에너지가 솟아나기도 하고, 열정이 끓어올라 새취미를 만들기도 하고, 심지어 평소에 하지 않던 행동을 하기도 한다. 마음에 드는 사인펜을 발견해서 그림을 그리기 시작했다든지, 예쁜 노트를 매일 가지고 다니려고 일기를 쓴다든지 하는 식으로 살아왔다. 그러니까 문방구는 내게 소모품 이상의 가치를 지닌다. 무언가를 시작하는 불씨가 되기도 하고, 작업의 훌륭한 조력자가 되기도 하고, 나의 취향을 대변해주는 역할을 하기도 한다. 그렇다 한들 또 이렇게까지 많이 사는 건 병이 아닌가 싶다가도, 지금까지 문구 소비를 통해 수많은 라이프스타일의 변혁을 이룩한(?) 나로서는 이런 '과소비'를 무작정 나쁘다고 할수도 없는 노릇이다.

어쩌면 문방구에 생각보다 훨씬 더 많은 빚을 지고 있는지도

어떤 문구는 이상하게 뭔가 잘 풀리는 기분이 든다. 그래서 왠지 글이 잘 써지는 것 같은 노트나 유난히 포인트 볼이 잘 굴러가는 볼펜 등을 만나면 은근

Thomas Jefferson's
writing desk

히 그 도구들에 집착하게 된다. 일종의 부적처럼 말이다. 최근에 미국의 철학자 토머스 제퍼슨의 라이팅 박스(writing box) 이야기를 아주 재미있게 읽었다. 그는 이동식 글쓰기 책상 겸 수납함을 직접 설계하고 주문 제작해 자주 쓰는 도구들을 넣어 다녔다고 하는데, 50년 동안 이 상자를 무척 아끼며 어딜 가든 함께 가지고 다니다가 손자에게 물려줬다고 한다(도구에 집착하는 건 나뿐만이 아닌 듯해 왠지 반가웠다).

게다가 문구는 학생과 직장인의 아주 훌륭한 조력자다. 공부 혹은 업무를 효율적으로 할 수 있도록 돕는 문구 제품들이 시중에 많이 나와 있다. 스케줄러, 플래너, 단어장, 인덱스, 오답 노트 같은 기능성 노트들은 그 기능을 적절히 이용하면 훨씬 더 계획적이고 효과적으로 업무와 공부를 할 수 있다. 심지어 요새는 최첨단 기술을 접목해서 필기한 내용을 컴퓨터로 자동 업데이트해주는 펜과 노트도 있다. 좋은 도구를 적절히 이용하면 훨씬 더 효율적으로 공부와 업무를 해낼 수 있으니 '공부는 장비빨'이란 말도 과언이 아니라는 거다.

실제로 공부를 할 때 문구의 도움을 많이 받았다. 어쩌면 다양한 문구를 쓰고 싶어서 공부를 했다는 게 더 맞겠다. 형형색색의 컬러펜으로 1~10단계까지 중요도를 표시하고(그 중요도를 내가 판단한 것이 좀 웃기지만) 갖가지 굵기의 볼펜과 샤프를 구비해 다니며 그림 그리기, 수학 문제 풀기, 글쓰기 등 다양한 용도에 매우 열정적으로 활용했다. 꽤 이른 시기부터 문구라는 취향을 쌓은 것이 축복이라는 생각을 한다. 책상에 앉아 무언가를 쓰면서 생각하는 시간이 또래 친구들보다 많았던 것도, 숨 막히는 학창 시절에 조금은 숨 돌리며 취미* 활동에 몰두할 수 있었던 것도 문구 덕분이니까. 어쩌면 나는 문방구에 생각보다 훨씬 더 많은 빚을 지고 있는지도 모르겠다.

*   당시에 내 취미는 다이어리 꾸미기와 스크랩이었다.

대표적인 행동 유발자들

문방구의 힘이 참으로 신묘한 것이 사람을 움직이는 힘이 있다는 거다. 어떤 문구는 당장 행동하게 하고, 또 어떤 문구는 새로운 습관을 만들게 한다. 만년필을 새로 산 날엔 끊임없이 글씨 연습을 하거나 글을 쓰고, 데일리 체크리스트를 사면 아침마다 꼬박꼬박 할 일을 정리해보게 되는 식이다. 즉각적으로 새로운 활동을 하게 하거나 전에 없던 습관을 들일 수 있게 돕는 이른바 '행동하는 문방구' 몇 가지를 소개한다.

첫째, 일력. 매일 찢어 날짜를 표시하는 일력을 아주 좋아한다. 어찌나 좋아하는지 작년 연말에 탁상용, 벽걸이용 등 일력이라면 닥치는 대로 사 모아 올해에는 아침마다 무려 다섯 개의 일력을 찢어야 했다. 차라락 하는 얇은 종이 재질도 마음에 들고, 무엇보다 아침마다 일력을 뜯으면서 경건한 마음을 가지게 되는 것이 좋다. 일력은 성실성을 요하는 대표적인 문구라고 할 수 있다. 아무리 사소한 일이라도 그것을 하루도 빠짐없이 매일 하는 것은 정말 어려운데, 그 어려운 것을 일력이 해내게 한다는 점에서 참으로 대단한 문구다(라고 쓰고 올려다보니 나의 일력이 일주일 전에 멈춰 있다. 어서 뜯어야겠다).

둘째, 365일 다이어리. 연말이면 일본의 서점과 문구점에 깔리는 문고본 다이어리 마이북(Mybook) 은 매일매일 한 페이지씩 써서 365페이지를 채우면 나만의 책이 되는 콘셉트의 노트다. 이 노트를 사고 나서 실제로 매일 그림을 그리게 됐다. 페이지마다 날짜가 찍혀 있어서 어쩌다 하루 쉬어 빈 페이지가 생기면 양심의 가책이 느껴진달까. 기분 좋은 강제성을 띤 이 제품은 사람들의 행동을 유발하는 전형적인 문구가 아닐까 싶다. 재미있고 실용적인 제품이라고 생각한다. 무인양품에도 비슷한 제품을 파는데, 날짜가 찍혀 있진 않지만 초반에 모든 페이지에 날짜를 써넣으면 똑같은 기능으로 사용할 수 있다.

셋째, 체크리스트와 플래너. 나는 결코 계획적인 사람이 아니기 때문에 할 일을 종종 놓치곤 하는데, 덤벙대는 내 성격을 어느 정도 보완해주는 것이 체크리스트다. 출근하자마자 할 일들을 써놓고 하나하나 지우는 쾌감이 상당하다. 체크리스트 덕에 원래보다 1퍼센트 정도는 더 체계적인 인간이 되었다. 예전에는 시간 단위로 끊겨 있는 플래너를 사용하기도 했는데 요새는 영 쓰지 않는다. 글씨를 작고 빽빽하게 써야 하는 게 내 스타일에 맞지 않는다는 걸 깨달았기 때문이다. 하지만 쓰던 당시에는 나름대로 시간

을 체계적으로 관리했다(고 기억한다). 빽빽한 플래너도 누군가에게는 매우 유용한 문구임에 틀림없다.

최근에는 재미있는 기획의 문구를 접했다. 한 크라우드펀딩 사이트에서 본 '웹툰 콘티북'이라는 노트*인데, 웹툰 작가가 본인이 필요해서 만든 물건이란다. 위로 펼치면 핸드폰 화면 다섯 개가 되는 세로로 아주 긴 형태의 스프링노트다. 개인적으로 판형과 콘셉트가 매우 인상적이었고, 문구 제작과 관련이 없는 웹툰 작가가 만들었다는 사실도 무척 흥미로웠다.

* 텀블벅에서 '웹툰 콘티북'을 치면 볼 수 있다. 상세
   페이지가 전에 본 적 없는 형태라 충격적인 재미를 느꼈다.

웹툰 작가가 아닌데도 이 노트를 보면서 웹툰을 그려 보고 싶어졌다는 반응이 많았다. 그림을 그리지 않던 사람을 그림 그리게 하는 노트, 이것 역시 행동을 유발하는 훌륭한 문방구라고 할 수 있겠다.

새로운 프로젝트를 시작할 때, 조금 더 행동력이 필요할 때 행동하는 문구들을 일상에 들인다. 기분 탓일지 몰라도 어쩐지 조금 더 부지런해지는 느낌이 든다. 사실 나의 본성은 무척 게으르지만 행동하는 문구들이 어느 정도 커버해주고 있다는 사실을 인정해야겠다. 체크리스트의 할 일들을 하나둘 지워가고 다이어리의 빈칸들을 하나씩 채우며, 나는 아주 조금씩 더 성실한 사람이 되어간다.

역시 좋은 이름이다

작은 창고에서 시작한 애플이나, 간이침대 세 개를 빌려준 것으로 시작한 에어비앤비처럼, 멋진 브랜드라면 으레 탄생 설화나 극적인 스토리들이 있기 마련이다. 그런 이야기들을 들으면 나도 모르게 귀를 기울이다가 제품이 궁금해져 써보기도 하고, 이미 가지고 있는 제품이 괜스레 특별하게 느껴지기도 한다.

문구계에서도 독특한 스토리로 확실히 각인되는 브랜드와 제품들이 있다. 모든 브랜드가 각자의 유니크한 이야기를 가지고 있긴 하지만, 개인적으로 브랜딩을 참 잘했다고 생각하는 곳이 있다. 몰스킨 노트와 블랙윙 연필이 대표적이다.

문구가 이야기를 품고 있을 때

'예술가들이 사랑한 노트'라는 카피를 앞세운 몰스킨(Moleskine)은 헤밍웨이, 피카소, 반 고흐 등 전설적인 아티스트들이 즐겨 쓰던 노트로 스스로를 브랜딩했다. 하지만 사실 몰스킨은 설립된 지 20년이 갓 넘은 회사라는 사실. 그럼에도 몰스킨을 손에 드는 순간 예술가가 된 기분과 왠지 모르게 크리에이티브해지는 느낌이 드는 건 사실이니 결과적으로 훌륭한 브랜딩이라고 할 수 있겠다. 팔로미노(Palomino)의 블랙윙(Blackwing)도 수많은 아티스트들이 열광

하는 전설적인 연필이라고 브랜딩했지만 사실은 그
들이 사용했던 원래 상품과는 다른 회사에서 나온 복
각판이다. 하지만 진실은 뭐가 됐든 간에 제품과 브
랜드가 단순한 물건이 아닌 판타지와 스토리를 판다
는 전략은 꽤 스마트하고 설득력 있다고 느낀다.

　　스토리로 말하자면 펜텔(Pentel)의 사인펜 이야
기도 빠질 수 없다. 출시 당시 미국 대통령 린든 존슨
이 써보고는 수십 다스를 주문했다는 일화는 유명하
다. 이 사건으로 유명세를 얻은 펜텔 사인펜은 NASA
공식 인증 펜으로 우주에서도 사용되면서 더 널리 알
려져 큰 인기를 끌었다. 내가 처음 이 사인펜에 관심
을 가지게 된 데에는 필기감이 좋다는 평도 있었지만
재미있는 일화도 단단히 한몫했다.

이 밖에도 부드러운 필기감과 훌륭한 가성비로 고시생들의 사랑을 한 몸에 받아 '고시생펜'이라는 별명이 붙은 모닝글로리의 프로 마하펜(Pro Mach pen), 최초에는 옷감에 뭔가를 붙이기 위해 개발되었다가 종이를 묶는 기능으로 더 널리 쓰이게 된 클립 등 재미있는 스토리를 가진 문구들이 꽤 많다. 문방구를 사용하다가 심심할 때 한 번씩 찾아보면 출시년도와 함께 다양한 관련 기사들이 나오는데 읽고 있으면 이야기꾼의 만담을 듣는 것만 같아 시간 가는 줄 모른다. 사람이든 문구든, 이야기를 품고 있을 때 더 흥미롭고 매력적이다.

이름이 뭐예요?

예전에 '막창드라마'라는 막창집 이름을 보고 배꼽을 잡았다. 이름 한번 기가 막히게 잘 지었다며 한 스무 명 정도에게 이 이야기를 했다. 결론은 네이밍만 잘해도 확실히 각인된다는 것. 제품은 특히나 이름이 첫인상이기 때문에 좋은 이름을 가지는 것은 오래도록 기억되는 데 큰 역할을 한다. 문구류 중에서도 이름을 기가 막히게 잘 지어서 오래도록 기억에 남는 것들이 있다.

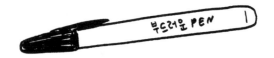

　　개인적으로 가장 네이밍을 잘했다고 생각하는 건 모나미의 '부드러운 펜'이다. 20년 전쯤인 초등학생 때 보고도 아직까지 기억이 나는 걸 보니 적어도 나는 설득당한 것 같다. 마하펜, 하이테크, 겔리롤⋯ 매대에 꽂혀 있는 상당히 추상적인 펜 모델명들 중 너무나 직관적인 이름인 '부드러운 펜'에 눈길이 안 갈래야 안 갈 수가 없었다. 펜 바디에 '부드러운 펜'이라고 쓰여 있는데 어떻게 안 써보고 배길 수 있을까. 대체 얼마나 부드럽길래? 얼마나 자신이 있길래 부드럽다는 표현을 이렇게 직접적으로 썼을까 궁금해진다. 플라세보 효과일까, 쓸 때도 왠지 정말 부드럽게 느껴진다. 아, 이거 이름 참 잘 지었네.

　　더블에이에서 나온 '실크젤(Silk Gel)'도 좋은 이름이라고 생각한다. 이름을 들으면 실크처럼 부드러운 필기감이 단박에 연상되기 때문이다. 같은 연장선상에서 '버터젤(Butter Gel)'도 부드럽고 기분 좋은 어감을 통해 그 필기감을 상상하게 되기 때문에 훌륭한 네이밍이 아닐까 한다. 아무리 멋들어진 이름을 붙인다 한들 제품의 특성과 맞물리지 않으면 기억이 잘 나지 않는다. 관련 단어들을 통해 직관적으로 연상이 되도록 만든 이름이 효과적이다.

노트로는 '나싱북(The Nothing Book)'을 가장 먼저 꼽고 싶다. 말 그대로 책은 책인데 아무것도 쓰여 있지 않은 책이니, 공책(空冊)이다. 겉표지도 책처럼 만든 것이 재치 있다. 오랜 장수 상품인 '아임 라이트(I'm light)'는 두껍지만 재생지로 만들어 가벼운 제품의 특성을 단번에 이해할 수 있으면서 심플해서 쉽게 기억할 수 있다. 역시 좋은 이름이다. 'PD수첩'도 직관적이고 재미있는 이름이다. 실제로 PD가 아닌 사람이 쓰더라도 왠지 프로페셔널한 기분을 느낄 수 있다.

좋은 제품을 만드는 것만큼 중요한 건 좋은 이름을 붙이는 것이다. 기능이 같더라도 재미있는 이름이 붙어 있으면 한 번 더 눈길이 간다. 오늘도 많은 고민을 하고 있을 문구 카피라이터와 제작자 여러분들, 더 재미있고 충격적인 이름들을 많이 보여주시길.

이것도 문구입니까?

얼마 전 새로 출시된 아이패드프로와 애플펜슬을 샀다. 사두고 먼지만 쌓여가는 이전 모델들을 보며 내게 아이패드는 무용하다는 결론을 내렸었다. 이 결론을 뒤로하고 새로 나온 아이패드를 산 이유는 단 하나, 애플펜슬 때문이었다. 제아무리 본체의 내장칩이나 디스플레이 기능이 훌륭하다 한들, 애플펜슬이 페어로 나오지 않았다면 아이패드는 내겐 전혀 어필하지 못했을 것이다.

아이패드는 문구인가?

예전에 스티브 잡스가 스타일러스 펜을 만들지 않겠다는 선언을 한 이후 애플펜슬을 떡하니 내놓은 애플. 출시 당시 한창 술렁이다가 사용자들의 긍정적인 반응으로 이내 잠잠해졌다. 대체 어떻길래 칭찬 일색인가 궁금하기도 하고, 이제는 나도 신기술과 동시대에 사는 즐거움을 누리며 살아야겠다는 생각을 하던 차라 이번 애플펜슬은 꼭 써봐야겠다고 마음먹었다. 그리고 역시나! 애플펜슬은 새로운 기술로 나를 놀라게 만들었다.

우선 그립감과 무게감이 실제 펜과 흡사하다. 페어링과 충전도 무선으로 되니 단자가 없어서 기계가 아닌 그냥 펜처럼 느껴진다. 이렇게 기계에서 형태적으로 아날로그를 느낄 수 있다는 게 참으로 충격적이었다. 게다가 감도와 모니터에 나타나는 질감 구현 수준*을 경험하고 혀를 내두르고 말았다. 이 정도라면 스케치북과 물감을 가지고 다니는 것이 비효율적으로 느껴질 정도였기 때문이다. 유화와 수채화의 번짐까지 완벽하게 구현하다니, 기술의 진보 수준을 온몸으로 실감할 수 있었다.

아이패드와 관련된 재미있는 제품들도 몇 있다. 첫째는 종이 질감의 전면 필름. 표면이 까끌까끌해서 애플펜슬로 쓸 때 연필로 종이에 쓰는 것과 흡사한 느낌이 난다. 둘째는 연필 모양 애플펜슬용 스티커. 한 바퀴 돌려 붙이면 연필처럼 보인다. 셋째는 컴포지션 노트 모양의 아이패드 커버. 이 커버를 씌우면 아이패드가 감쪽같이 공책으로 보인다. 이 세 제품의 공통점은 기계인 아이패드를 아날로그처럼 느껴지거나 보여지도록 만드는 제품이라는 사실인데, 이런 상품들이 인기를 끈다는 건 아무래도 디지털이 완전히 아날로그를 대체할 수 없다는 사실을 반증하고 있다는 것 아닐까.

---

* 'Procreate' 앱의 질감 구현 수준은 압도적이다. 기본 메모앱의 연필 질감 또한 놀라운 수준.

　여기서 나는 '아이패드는 문구인가?'라는 질문을 던졌고, 이에 대한 나의 답은 확실해졌다. 아이패드는 문구다. 그것도 아주 진보된 형태의 문구다. 아날로그와 디지털의 분류를 잠시 제쳐놓고, 인간의 기록을 얼마만큼 이끌어낼 수 있는가의 관점에서 본다면 더욱 그렇다. 문구의 미래가 어떻게 될지 감히 상상조차 안 가지만, 애플펜슬을 보고 있으면 그 미래를 잠시나마 구경하고 있는 기분이다.

　그래서 아이패드를 들이고 나서 종이는 가지고 다니지 않게 되었느냐고 묻는다면, 물론 그렇지 않다. 아날로그와 디지털은 대척점이 되지 않고 그럴 필요도 없는 것 같다. 게다가 서로가 서로를 대체할 수 없으니 꽤 좋은 공존이 아닐까.

내가 문구라고 부르면 문구인 거지요

아이패드와 애플펜슬을 문구라고 했는데, 그렇다면 대체 어디까지를 문구라고 해야 할까? 한편 문구와 소품의 경계는 어디일까? 어디까지가 문구고, 어디까지가 오브제와 소품일까? 이에 대한 내 대답은 간단하다. '내가 문구라고 부르면 문구인 거지요.'

백과사전을 찾아보면 문방사우는 본래 붓, 먹, 벼루, 종이 네 가지를 가리키는데 더 넓은 의미로는 그와 관련된 용구들도 포함한다고 한다. 예컨대 붓을 넣는 주머니나 붓을 담는 함, 또는 문진 따위 말이다. 그러니 요새로 치면 문방구에는 필기류와 지류 외에도 문구용 서랍이나 파우치, 노트커버 등도 포함되겠다. 이 외에도 수많은 것들이 결국 문구의 범주에 들어간다는 이야기다. 더 나아가서는 그냥 책상 위 모든 소품을 문구류라고 부를 수도 있을 것이다.

사실 문구류의 범주가 어디까지인지 구분하는 게 무슨 의미가 있겠나 싶은 게, 나는 본래의 용도를 바꿔 쓰는 것을 아주 즐기는 편이고, 문구가 아닌 것들도 문구처럼 많이 사용하기 때문이다. 예를 들면 빨래집게를 문구로 쓴다든지, 명함 케이스를 스티커 보관함으로 쓴다든지, 가격 표시용 롤스티커를 꾸미기용 스티커로 사용한다든지 하는 식이다. 이렇게 새

어디에 어떻게 써볼까?

로운 용도를 나름대로 개발해서 쓰다 보면 사물의 용도를 다르게 찾는 데서 재미가 붙기도 하고, 뭔가 창의적인 행동을 하고 있다는 착각이 들기도 한다.

　다양한 활용 방법을 고민해보는 것만으로도 굳어 있던 뇌가 말랑해지고 사물을 새로운 관점으로 보면서 새로운 아이디어나 인사이트를 얻을 수 있다. 최근에는 마음에 드는 형태의 클립을 뭉치로 사서 이리저리 사용 방법을 고민해봤다. 본래의 용도대로 종이들을 묶어놓기도 하고, 책갈피로도 쓰고, 머니 클립으로도 써봤다. 비단 클립뿐만 아니라 문구는 본래

용도 외에도 여러 방면으로 활용할 수 있는 여지가 많다. 반대로 문구가 아닌 오브제들도 언제든 문구로 사용될 수 있는 가능성이 있다. 그러니 애초에 문구와 문구가 아닌 것으로 나누기도 참 애매하단 거다.

지금 내 책상 위에 있는 물건들 중에서 흔히 문구류로 분류되진 않지만 내가 문방구라고 생각하는 것들을 나열해보면 이렇다. 맥북(에버노트와 포토샵이 들어 있으므로), 열쇠고리(네임택에 이름을 쓸 수 있다), 컵(연필꽂이로 사용한다), 사진 앨범(스티커 보관함으로 활용하고 있다), 식탁 매트(각종 노트를 올려두고 사용한다), 작은 파우치(마스킹테이프를 보관하는 데 사용한다), 여권 케이스(노트커버로 사용하고 있다), 호두과자 봉투(선물 봉투로 이용한다) 등. 꽤 다양하지 않은가?

누구에게는 문방구가 아닌 것이 누군가에게는 문방구일 수 있다. 그러니 어떤 오브제를 문방구로 쓰려고 마음먹는 순간부터는 그냥 문방구라고 할 수 있다. 더 나아가, 아예 책상 위에 어울리는 것이라면 그냥 문방구라고 부를 수도 있을 것 같다. 아무렴 어떤가. 문구의 범위는 언제나 활짝 열어두도록 하자.

#다꾸 #손글씨릴레이

지금은 초등학교 반 공지도 카카오톡 단체방에서 하는 시대라지만 내가 어렸을 때만 해도 메신저 대신 카페가 대유행했다. 특히 초등학생, 중학생 시절에는 네이버와 다음 카페가 한창 유행이었는데, 친구들은 저마다 관심사에 따라 다양한 카페 활동에 열을 올렸다. 그 영역도 다양했다. 아이돌(당시엔 동방신기와 SS501이 최고였다), 독서 토론(자발적으로 한 건지 의심스럽다), 인터넷 소설(한창 귀여니 소설이 유행했다) 등 다양한 분야에서 카페 활동을 하는 친구들과 함께 나 또한 꽤나 열심히 활동했던 카페가 있었으니 바로 다이어리 꾸미기 카페, 일명 '다꾸 카페'였다.

다꾸인은 죽지 않았다

무려 30만 회원을 자랑하는 다꾸 카페는 당시 문구인들의 교류의 장이었다. 개성대로 꾸민 다이어리를 자랑하는 공간부터 새로 출시된 문구 리뷰, 문구 사용 꿀팁 등이 매분 올라올 정도로 매우 활성화된 커뮤니티였다. 새로 나온 다이어리는 어떤지, 나와 같은 다이어리를 쓰는 사람들은 어떻게 활용하고 있는지 등 최신의 정보를 모두 이 카페에서 구할 수 있었다.

개중에는 스타플레이어들이 있었다. 다이어리

를 기가 막히게 예쁘게 꾸며 올리는 그들의 게시글에
는 댓글이 몇백 개씩 왕왕 달렸다. 지금으로 치면 인
플루언서 정도 되려나. 그들의 글씨, 쓰는 제품, 스
크랩과 일러스트 스타일은 많은 이들의 동경의 대상
이었다. 어찌나 정성스럽고 귀엽게 꾸미는지 나 역시
그들의 게시글을 보며 글씨를 그대로 따라 해보기도
하고, 그들이 공유한 일러스트 소스들을 프린트해 오
려 붙이며 열심히 다이어리를 꾸몄다(정말 자비로운
사람들이었다).

　　지금 생각해보면 어린 나이에도 무언가를 열렬
히 좋아했던 것, 다이어리 네다섯 권을 동시에 쓸 정
도로 열정적으로 몰입했던 것이 스스로도 대단하다

고 느껴진다. 무언가에 푹 빠지는 건 성인이 되어서
도 어려운 일인데 그 나이에 쉽게 쌓을 수 없는 취향
이라는 것을 일찍부터 만들었으니 말이다. 다이어리
꾸미기와 함께 꽤 즐겁고 풍성한 중고등학교 시절을
보냈는데, 그런 점에서 다꾸 카페에 백번 감사해야
할 일이다.

　요새도 그 방법과 터가 바뀌었을 뿐이지, 다이
어리 꾸미기 문화는 죽지 않았다. 오히려 훨씬 발전
해나가고 있다. '#다꾸', '#다이어리꾸미기', '#공스
타그램' 등의 해시태그를 검색해보면 수많은 '다꾸
인'들이 인스타로 옮겨와 취향과 취미를 이어나가는
모습을 구경할 수 있다. 더 좋아진 화질과 갖가지 꾸
미기 도구들과 함께. 가끔씩 이런 해시태그들을 타고
들어가 몰래 구경하며 흡족해한다. '음, 아직 이 세계
는 죽지 않았군' 하고 안도하며….

　생각난 김에 오랜만에 다꾸 카페에 접속해봤다.
중학교 2학년 때쯤으로 추정되는 시기에 내가 올린
글과 댓글들을 돌아보고는 아무래도 무덤까지 가져
가야겠다며 조용히 창을 닫았다.

당신의 글씨는 어떻게 생겼나요?
글씨체에 무척 관심이 많다. 한번 본 글씨는 웬

만하면 기억한다. 남의 글씨체도 곧잘 알아봐서 어렸을 때나 지금이나 지인의 물건을 주우면 글씨를 보고 바로 주인을 찾아준다. 일부러 외우는 것도 아닌데 사람과 글씨체의 매칭이 유독 잘되는 이유를 생각해 보면, 내가 글씨를 사람의 개성 중 하나로 인식하기 때문인 것 같다. 삐뚤삐뚤 귀염성 있는 글씨, 멋들어지게 잘 쓴 글씨, 절도 있고 힘 있는 글씨, 맥없이 휘적거리는 글씨 등 뭐 하나 비슷한 구석 없이 전부 다르다. 사람의 생김새나 성격, 목소리처럼 글씨도 각양각색인 게 얼마나 흥미로운지!

몇 해 전 SNS에 손글씨를 써서 올리는 '#손글씨릴레이'가 유행했을 때 나는 어깨춤을 추며 신나게 글씨들을 구경했다. 우락부락하게 생긴 지인의 미려한 글씨나 곱상한 외모의 소유자의 터프한 글씨를 보며 몰래 즐거워하기도 했고, 지인들의 미처 못 보았던 글씨를 보며 '음, 이 친구는 이렇게 쓰는군!' 하고 반가워하기도 했다. 어렸을 때부터 쓰는 걸 좋아했는데, 정확히 말하자면 '글'을 쓰는 것보다 '글씨'를 쓰는 게 좋았다. 엄마 아빠의 멋진 글씨를 보고 자라면서 나도 나만의 글씨를 만들기 위해 끊임없이 연구했다. 글의 내용보다는 얼마나 예쁘게 쓰느냐, 얼마나 새로운 글씨체로 쓰느냐에 관심이 더 많았다고 할 수 있다. 다이어리 꾸미기 카페에서 마음에 드는 필체를 보면 똑같이 구사할 수 있을 때까지 집요하게 따라 그리곤 했다(나에게 글씨를 쓰는 건 그림을 그리는 일에 더 가깝다). 덕분에 구사할 수 있는 필체가 아주 많아져서 상황에 맞게 요긴하게 골라 꺼내 쓸 수 있게 되었지만, 나만의 글씨를 만드는 데는 그만큼 시간이 더 걸렸다.

　　예전의 내 기록들을 보면 같은 사람이 쓴 게 맞나 싶을 정도로 다른 스타일의 글씨들이 많다. 문방구와의 인연도 여기서부터 맞물려 돌아간 것 같다. 여러 스타일의 글씨를 쓰기 위해서 다양한 필기구들이 필요했고, 그러면서 나와 합이 맞는 여러 필기구들을 섭렵해보게 되었으니까. 이때의 습성이 남아 있어서인지 나는 아직까지도 필기구에 따라 나오는 글씨가 많이 다르다. 만년필 글씨 따로, 사인펜 글씨 따로, 연필 글씨 따로 이런 식이다. 최근에 소설 『츠바키 문방구』를 흥미롭게 읽었는데, 대필가인 주인공이 손님의 상황에 맞는 필체로 쓴 편지들이 여러 장 수록되어 있어 구경하는 재미가 쏠쏠했다. 주인공이 어울리는 필체로 글씨를 쓰기 위해 종이와 필기도구를 세심하게 고르는 모습이 왠지 예전의 나를 보는 것 같아 뭉클하고 감격스럽기까지 했다.

꼭 멋들어진 캘리그라피가 아니더라도 세상에 존재하는 모든 사람들의 글씨에는 각자의 매력이 있다고 생각한다. 카페의 직접 쓴 메뉴판도, 벽에 다닥다닥 붙은 사람들의 사인도, 정자체로 또박또박 쓴 엽서도, 누군가 휘갈겨 쓴 메모도, 손글씨를 활용한 여러 가지 편집물들도, 손글씨가 이용된 것이라면 무엇이든 좋다. 따뜻해 보이기도 하고, 누군가의 수고가 담겨 있다는 생각에 눈길이 더 간다. 작년에 나에게 최고의 충격을 안겨준 『문방구 도감』*이라는 책은 초등학생 어린이가 처음부터 끝까지 손으로 쓴 노트를 편집해 발간한 책인데, 내용도 내용이지만 초등학

* 일본 책으로 한국에는 아직 출간되지 않았다.

생만의 글씨 표현 방법을 엿볼 수 있어 정말 좋았다.

　　손으로 쓴 데에서 나오는 독특한 손맛은 쉽게 따라 할 수 없다. 백 번을 써도 백 번 모두 다르고, 모든 글씨들에서 쓰는 사람의 성격과 감정이 느껴진다. 따뜻하고 인간적이고 또 사랑스럽다. 요즘에는 예쁜 폰트도 많고 실제 손글씨와 구별할 수 없을 만큼 괜찮은 퀄리티의 필기체 폰트도 많다. 하지만 아무래도 나는 직접 쓴 손글씨가 가장 좋다. 폰트와 손글씨의 차이는 말하자면 공장과 수작업, 도장과 사인, 알파고와 이세돌의 차이쯤이 아닐까. 후자들을 선호하는 나는 빠르고 쉽게 텍스트를 칠 수 있는 요즘 시대에서 손글씨를 말없이 응원할 뿐이다.

작은 문구들의 힘

아이디어를 내고 카피를 짓는 일이 업무의 대부분을 차지하다 보니 언제나 창조적 영감에 목말라 있다. 마감 기한은 다가오는데 머릿속에 아이디어가 쉽사리 떠오르지 않아 머리를 부여잡고 고민하고 있을 때면 '아, 아이디어를 돈 주고 살 수 있다면 얼마나 좋을까'라는 생각이 절로 든다. 그럴 때는 문구점에 간다. 문방구를 사면 부록으로 아이디어가 종종 따라오기 때문이다.

돈 주고 사는 아이디어

새 문방구가 일상으로 들어오는 순간, 온 사고가 그 문구를 중심으로 돌아간다. 또 다른 영감을 얻을 수 있는 기회가 열리는 셈이다.

문구가 내 일상에 영향을 미치는 방식은 예를 들면 이런 식이다. 펜텔 사인펜을 처음 써보고는 굵기나 필기감이 꽤 마음에 들었다. 20년간 탐험했던 수많은 필기구들을 제치고 드디어 나와 궁합이 맞는 궁극의 무기를 찾은 것만 같았다. 이후로 신나서 여기저기 열심히 그림을 그리기 시작했고, 계속 그리다 보니 어느새 그림은 나와 떼려야 뗄 수 없는 취미가 됐다. 펜 한 자루로 인해 새로운 취미를 얻은 셈이다.

또 하나의 예로는 여행 노트가 있다. 재작년 도

쿄에 놀러가기 직전 기록할 요량으로 썩 마음에 드는 노트를 한 권 샀다. 여행 중 두꺼운 노트를 들고 다니다 보니 장수도 많은데 그림일기나 많이 그려봐야겠다는 생각이 드는 게 아닌가. 보름 동안 노트를 빽빽이 채워 썼고 우연한 기회에 출판으로도 이어졌다. 새 노트를 사서 뭔가 새로운 것을 해보고 싶다는 생각이 들고, 그것이 기록으로 이어지고, 결국엔 출판으로까지 이어졌으니 7천 원의 투자치고는 굉장히 훌륭한 결과물을 얻게 된 것이다.

　문구 소비에는 언제나 좋은 기운과 아이디어가 함께 따라온다고 믿는다. 문구의 가치는 자주 저평가

되곤 하지만 사소하고 작은 문방구일지라도 그것이
가져다줄지 모를 효과를 결코 무시해서는 안 된다.
나는 작은 문구들의 힘을 믿는다. 뭔가 잘 풀리지 않
을 때, 전환이 필요한 시점에, 문구를 사서 써봄으로
써 돌파구 혹은 해결책을 얻은 적이 많기 때문이다.
그렇게 보면 아이디어도 어느 정도는 돈 주고 살 수
있는 것일지도 모르겠다.

늘 마음껏 쓰고 싶다

학생 때부터 가슴 한구석에 작은 로망이 하나
있었으니, 내가 쓸 노트를 내가 만들어 쓰는 것이었
다. 이 로망의 시작은 본인만의 노트를 백 권 정도 만
들어 계속 그 노트에 아이디어를 쌓아나간다는 한 예
술가의 이야기를 듣고 나서였다. 자신만 쓸 수 있는
리미티드 에디션 노트라니, 정말 멋지지 않은가! 이
이야기를 접한 후로 나만의 노트를 아주 많이 쌓아두
고 떨어질 걱정 없이 쓰는 내 모습을 자꾸만 상상하게
됐다.

어느 날 그 상상을 실행에 옮겨봤다. 과정은 생
각보다 간단했지만 만족감은 이루 말할 수 없이 컸
다. 자주 사용하는 판형의 노트를 대량으로 제작했는
데 오로지 나만 사용할 요량으로 내 취향대로 만들었

다. 사인펜에 가장 특화된 아이보리 빛의 두툼한 내지*, 오묘한 컬러의 크라프트지** 표지와 빨간 실제본까지. 어차피 나 혼자 쓸 것이니 모든 사양이 하나부터 열까지 모두 나의 선택으로 이루어졌는데, 하나씩 선택해나갈 때의 희열이 상당했다. 거래처 사장님이 이런 사양은 처음 본다고 내용이 맞는지 거듭 확인하셨는데, 그것조차 뿌듯했다.

그렇게 해서 완성된 노트가 집에 천 권씩이나 배달되어 온 날, 노트 위에서 잠들고 싶다는 나의 오랜 꿈이 실현됐다. 이제 와서 고백하는데 노트들을 침대 위에 펼쳐놓고 그 위에 누워 실실 웃었다. 아드레날린이 솟구쳐 다음 날까지 펄펄 뛰어다녔다(술은 안 마시지만 아마 사람들이 술을 마실 때 느끼는 감정이 이런 것이겠구나 싶었다).

박스를 뜯어 노트의 첫 장을 펼쳐 쓰던 순간을 잊지 못한다. 그때 쓴 글을 보면 격한 행복의 표현들이 넘쳐난다. 한 문단 안에 행복이란 단어가 세 번이나 들어가 있으니 말 다했다. 예전에도 스티커나 노

---

*   두성종이 에이프랑 100그램을 사용했다.
** 두성종이 분펠 소일(soil) 색상. 묘하다고밖에 표현할 수 없는 색.

트 같은 필요한 문구를 소량으로 만들어 쓴 적은 있었
지만, 그것과는 또 다른 뿌듯함이었다.

　　많이 만들어놓고 쓰다 보니 깨달은 사실은 사람
이 생각보다 많은 양의 노트를 쓰지는 않는다는 것.
정말 마음 놓고 한껏 페이지를 낭비하며 썼는데 6개
월이 지난 지금 아직까지 30권을 채 못 썼다. 아직 뜯
지도 않은 새 노트 박스들이 집에 갈 때마다 나를 바
라보고 있지만 아무래도 괜찮다. 두고두고 쓰려고 만
든 것이니까. 다음번엔 자주 쓰는 펜에 인쇄를 한 리
미티드 에디션 펜을 만들어보고 싶다. 그리고 또 어
떤 걸 만들어보는 게 좋을지 계속 고민해봐야겠다.
나는 늘 '마음껏' 쓰고 싶기 때문이다.

조금은 이상한 문구점

초등학생 때 우리 반에는 문구점 딸이 있었다. 그 친구는 학교가 끝나면 곧장 문구점으로 향했다. 매일 걱정 없이 마음껏 문구를 쓸 수 있고, 새로 들어온 문구를 가장 먼저 써볼 수 있었으니 어린 나는 그게 그렇게 부러울 수가 없었다. 나의 오랜 꿈, 문방구 사장은 그 무렵 시작되었다.

재미있게도 첫 회사에 입사해 프로젝트성 문방구 운영을 맡게 됐다. 사장까지는 아니어도 꿈이 절반 정도는 이루어졌다고 볼 수 있었다. 다양한 문구를 찾아보고 제작하고 알리고 유통하는 일련의 일들을 경험하면서 과연, 문방구는 나와 떼려야 뗄 수 없고 심지어 잘 맞는다는 사실을 확인했다. 특히 제품 제작을 오래 하다 보니 만드는 일에 익숙해졌다. 재료를 하나하나 고른 끝에 세상에 없던 제품이 탄생하는 것을 지켜보는 일은 생각보다 훨씬 뿌듯했다.

지금도 언젠가 내 문구점을 열고 싶다는 계획에는 변함이 없다. 다만 지금 하고 있는 일들도 재미있으니 느지막이 천천히 해봐도 되지 않을까 하는 생각이다. 나의 취향도 직업도 이 꿈의 실현을 위한 전초전이 아닐까 하는 생각도 해본다. 제품을 만들고, 사고, 써보고, 소개하는 모든 작업들이 언제 열지 모르

는 나의 문구점에 분명히 도움이 될 테니까.

먼 훗날 내가 문구점을 연다면 어떤 모습일까 가끔씩 상상해본다. 아마도 주로 작업실로 사용하면서 내게 필요한 문구들만 들여놓는, 오롯이 나를 중심으로 돌아가는 꽤 자기중심적인 가게가 아닐까. 모아놨던 문구들을 전시하기도 하고 어디 여행 가서 신기한 문방구를 보면 몇 개 가져다 팔기도 하고, 무언가에 꽂히면 그걸 콘셉트로 소소하게 문구를 만들어 팔기도 하는 조금은 이상한 문구점을 꿈꾼다. 신나게 상상하다 보면 늘 이런 생각이 든다. '진짜 재미있을 것 같아서 꼭 해야겠어. 근데 아마 큰돈 벌기는 이미 그른 것 같아.'

문구라는 장르의 팬으로서

가히 '문구춘추전국시대'라고 불릴 만한 시대다. 스스로 문구 매니아라고 자칭하는 사람들도, 훌륭한 개인 제작자도 많아졌고, 이런 흐름에 힘입어 MD 상품으로 문구류를 개발하는 브랜드도 많아졌다. 문구인으로서는 퍽 반가운 소식이 아닐 수 없다

지난해 서울 문구 페스티벌이라는 행사에 방문하고 나서 나는 크나큰 충격을 받았다. 우선 이런 페스티벌이 있다는 것에 한 번, 방문자의 규모에 한 번 (한참 줄 서서 입장했다), 제작자들의 나이에 한 번 (심지어 고등학생 셀러도 꽤 많았다), 제작물의 다양성에 한 번. 문화 충격의 연속이었다.

예전에는 제품 제작이 디자이너나 특정 업종에 종사하는 전문가들에게만 열려 있었지만 요새는 인쇄 사이트의 가이드를 따라 간단하게 클릭 몇 번만 하면 누구나 쉽게 인쇄물과 제품을 만들 수 있다. 그야말로 모든 사람이 창작자가 될 수 있는 시대가 열린 것이다. 나만 해도 필요한 인쇄물이나 제품은 인쇄 사이트를 통해 얼른 제작해서 만들어 쓰는데, 어린 세대들은 훨씬 더 익숙하지 않을까. 게다가 SNS, 플리마켓, 페스티벌 등 더 다양해진 판로와 홍보 채널도 자연스럽게 이용할 수 있고 말이다.

문구 페스티벌에서 본 제품들 중에서는 처음 접하는 형태의 작업물도 많았다. 직접 그린 일러스트부터 기존에 있던 캐릭터 이미지를 활용한 문구(저작권이 걱정되긴 했다), 아이돌 이미지나 영화 캐릭터와 같은 특별한 콘셉트로 다양하게 확장한 문구 등, 창작자가 많아지니 스타일도 그만큼 다양해질 수밖에 없을 터였다. 퀄리티가 아쉬운 제품도 많았지만 동시에 숨은 고수나 앞으로의 행보가 무척 기대되는 셀러도 많았다.

일부 전문가들에게나 익숙할 법한 도무송(칼선), MOQ(최소 수량), 도련(여백), 발주 등의 단어가 점점 대중화되는 것이 놀랍다. 이렇게 모두가 제작자가 되는 세상이 올 거라곤 상상하지 못했는데 문구 페스티벌에 다녀온 후로 큰 자극을 받고 앞으로의 문구에 대해 좀 더 깊은 생각과 고민을 하게 됐다. 어렸을 때부터 문구 제작에 익숙한 이 친구들이 만들어 나갈 문구의 세계는 어떤 모습일까? 이런 흐름 속에서 나는 어떤 제작자가 되어야 할까?

결론적으로는 문구라는 장르의 팬으로서, 이 모든 것이 아주 좋은 변화라는 생각이 든다. 신박한 형태의 에너지 넘치는 문구들이 더 많이 세상에 나오길 바란다. 지금까지와는 또 다른 다채롭고 풍성한 모습

의 문구들을 기대해보며 설레는 마음과 기분 좋은 긴
장감으로 이들과 공생하고 또 경쟁할 날들을 꿈꿔본
다. 어쩌면 진짜 '문구춘추전국시대'는 이제부터 시
작인지도 모른다.

조만간 사라질 것들에 대하여

오래된 문구점에 가면 '아니, 이런 게 아직도 나온단 말이야?'라는 말이 절로 나오는 생소한 물건들을 왕왕 만난다. 수기계산서, 출근부, 영수증 같은 것들. 이미 컴퓨터나 전자기기로 대체된 지 오래지만 손으로 쓰는 것이 더 익숙한 어르신들을 위해 아직까지도 소량 생산되고 있는 것이리라. 그 말인즉슨, 한 세대만 더 지나면 더 이상 수요가 없어 곧 사라질 제품들이라는 거다.

텔북을 필요로 하는 누군가를 위해

가끔씩 수기 세금계산서를 쓰는 사장님들을 만난다. 처음엔 사이트에서 클릭 몇 번이면 간단하게 처리할 수 있는 것을 굳이 퀵 비용을 들이면서까지 손으로 직접 쓴 계산서를 보내주시는 것을 이해할 수 없었는데, 가게에 가보고는 고개가 끄덕여졌다. 오랫동안 그 자리를 지켜온 가게에는 나이 지긋하신 기술자 분들이 여럿 계셨는데, 이분들은 계산서뿐만 아니라 모든 발주서도 다 수기로 작성하고 있었다. 새로운 기술을 받아들이기에는 그동안 해온 방식이 너무나 익숙해 쉽게 바꿀 수 없으셨던 것이다. 하지만 전문 분야에서만큼은 그동안의 방식을 고집해 최고가 되셨으니, 뒤처진 것이라고 일축할 수만은 없는 일이

다. 요즘도 수기 세금계산서를 보면 그 오래된 가게
가 떠오른다. 그 가게를 통해 옛것들을 고집하는 분
들의 세계를 조금이나마 이해하게 됐다고 할까.

얼마 전에는 문구점 한구석에서 텔북(전화번호
부 수첩)을 발견했다. 일상의 수많은 부분이 핸드폰
이라는 작은 기계로 대체된 요즘, 텔북은 이제 정말
구시대의 물건이 되었다. 생각해보니 내가 어렸을 때
만 해도 전화번호부에 친구들 이름과 전화번호를 써
놓고 집전화로 전화를 걸었는데 이제는 정말 아득하
게 먼 일로 느껴진다. 불과 15년 전 일인데 말이다. 이
작은 수첩이 아직까지도 나온다는 사실에 적잖이 놀
라면서, 동시에 손자손녀의 연락처를 소중하게 적어
주머니 깊숙이 넣어두었을 한 노인의 모습이 떠올라
마음 한쪽이 아렸다. 아주 소수겠지만 텔북을 필요로

하는 누군가를 위해 아직까지도 제작을 멈추지 않는 양지사에게도 고마워졌다.

곧 과거가 될 물건들. 아니, 이미 과거가 되고도 남았을 물건들. 조만간 사라질 물건에 대한 애틋함 같은 게 갈수록 커진다. '그땐 이런 것도 있었는데' 하면서 이런 물건들과 함께 동시대를 살았다고 추억하게 되리라는 생각에 가슴 한구석이 따뜻해지기도 하지만, 한편으로는 곧 다시 볼 수 없게 된다는 사실에 불현듯 쓸쓸해진다.

그래도 대체할 수 없는 것

한창 '수제' 바람이 불었던 적이 있다. 수제 초콜릿, 수제청, 수제 맥주, 수제 샤프 등. 손재주는 딱히 없는 편이지만, 나도 손으로 만들어내는 것을 아주 좋아한다. 내 책상 위에도 손으로 엮은 노트나 직접 만든 나무 보관함과 펜 스탠드가 놓여 있는데 이것들을 볼 때면 만들었던 당시의 순간들이 떠올라 좀 더 애착이 간다.

직접 만드는 것만큼이나 다른 사람이 만든 것도 좋아한다. 손으로 만든 것의 가장 큰 매력은 같은 게 하나도 없다는 점이다. 가끔씩 플리마켓이나 예술시장에 나가면 아티스트가 직접 그린 엽서나 직접 만든 제품 등을 파는데, 이런 물건들 앞에서는 좀 더 쉽게 지갑이 열린다. 그 독특함과 희소성에 가산점이 붙거니와, 지금 놓치면 나중에 똑같은 것을 살 수 없다는 절박함에 좀 더 안달이 나기도 해서다.

지난해 태국 치앙마이에 갔을 때는 바인딩 노트의 매력에 푹 빠졌다. 한 땀 한 땀 바느질로 엮어 만든 노트들은 크기와 모양, 페인팅이 전부 달라 기계로 찍어낸 것과는 한참 다른 멋이 느껴졌다. 게다가 손으로 하나하나 내지를 접고, 정성스럽게 표지를 붙이는 모습을 보고 있자니 그 과정조차도 매력적이었다. 돌아오자마자 바로 북바인딩을 배웠고, 이후로는 시도 때도 없이 노트를 만들고 있다(역시 손으로 만드는 것이 가장 재미있다).

얼마 전 한 마켓에서 만난 핸드페인팅 스티커도 내게 깊은 인상을 줬다. 스티커의 쨍한 그라데이션 색깔이 아름다워 가까이 가서 봤더니 전부 하나씩 수채화 물감으로 칠한 제품이 아닌가. 시간이 얼마나 많이 걸렸을까! 경이로웠다. 제품 제작에 익숙한 사람이었다면 제작에 걸리는 시간과 그에 따른 효율을 가장 먼저 따졌을 텐데, 손으로 페인팅한 것을 제품화한 그 패기가 참 멋지고 부러웠다. 전부 다른 페인팅 스티커를 보면서 기계가 영원히 대체하지 못할 영

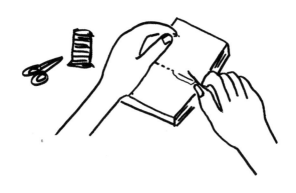

역이 바로 이런 게 아닐까 생각했다.

　좋아하는 포르투갈의 브랜드 에밀리오 브라가 (Emilio Braga)의 노트는 백 년 동안 4대에 이어 수제로 만들어왔다고 한다. 아름답고도 견고한 마감을 보고 있으면 사람 손으로 이렇게까지 정교하게 만들 수 있다는 사실이 놀랍다. 시중에는 이미 많고 많은 노트들이 있지만 이런 브랜드가 지금까지 유지될 수 있는 것은 역시나 손으로 만든 것을 가치 있게 여기고 계속해서 찾는 사람들이 있기 때문이리라.

　영화를 하도 많이 봐서 그런지 로봇에게 대체되어 할 일을 잃는 인간의 모습이 종종 떠오른다. 정말 그런 시대가 오겠구나 싶다가도 손수 만든 아름다운 제품들을 보면 꼭 그렇지만은 않을 것 같단 생각에 안도감이 든다. 기계로 만든 것들이 많아질수록 손으로 만든 핸드메이드의 가치는 오히려 더 커질 것이다. 천편일률적인 물건들 사이에서는 삐뚤빼뚤 고르지 않게 손으로 만든 것이 더 시선을 끌기 때문이다. 아마도 더 인간적이기 때문이겠지. 정교하고 정확한 작업은 기계에게 맡겨두고, 손으로 하는 일들을 좀 더 많이 찾아서 해야겠다. 그래서 쉽게 대체할 수 없는 손맛을 만들어가는 사람이 되고 싶다.

취향입니다, 문방구

평생을 함께해온 문구지만 정작 이것을 취향이라고 선언한 지는 얼마 되지 않았다. 좋아한다고 하기도 민망할 만큼 문구는 내게 숨 쉬듯 당연한 존재였기 때문이다.

사람들이 취향 이야기를 할 때 왠지 의기소침해지던 시기가 있었다. 누구는 힙합을 좋아하고, 누구는 스포츠를 좋아하고, 또 누구는 미식에 일가견이 있다는데, 그렇다면 나는? 좋아하는 게 산더미처럼 많은 나는 도리어 '취향'이라고 내세울 만한 것은 딱히 없어서 이에 대해 꽤 오래 고민했다. 여행은 너무 흔한 것 같고, 음악은 딱히 일가견이 없고, 그림은 시작한 지 얼마 안 됐고. 취미라고는 문구나 잔뜩 사서 책상이나 카페에서 펼쳐놓고 흐뭇해하며 바라보고 써보는 정도인데, 이것도 취향이라고 말할 수 있을까?

"저… 저는 문구를 좋아하는데요."

그런데 이렇게 소심하게라도 입 밖으로 선언하고 나니 왠지 마음이 자유로워졌다. 다른 사람들은 취향이라는 것에 시간과 돈을 꽤나 많이 투자하는 것 같던데, 그렇다면 나도 내가 좋아하는 문구를 눈치 보지 않고 사고 이에 대해 실컷 떠들어도 되지 않을까? 문구 소비에 대해서만큼은 작은 면죄부를 받은 것만 같았다. 왠지 모를 사명감도 생겼다. 이왕 취향이라고 말한 거, 왜 좋아하는지는 똑 부러지게 설명할 수 있어야 하지 않겠나 싶었다.

그렇게 막연히 좋아했던 것에 대해 왜 좋은지 계속해서 고민하고 파헤치다 보니 점점 생각이 뾰족해졌고, 더 정확하게 알고 싶어 깊이 찾아보다 보니 새로이 알게 되는 잔지식도 하나둘씩 늘었다.

나의 문구 사랑 역사가 생각보다 오래되었다는 사실도 새삼스레 깨달았다. 돌이켜보니 문구는 나의 가치관과 라이프스타일, 사고방식, 취미, 특기와 직업에 이르기까지 나의 많은 부분에 영향을 끼쳐왔다. 문구를 좋아하니 자연스럽게 문구와 함께하는 활동(쓰기와 그리기, 만들기 같은 것들)을 좋아하게 됐고, 이것이 나의 성격에도 상당히 많은 영향을 주었다. 가만 생각해보면 책상에 앉아 조용히 쓰고 생각하는 나의 성향은 문구를 사랑한 데서 비롯됐다는 것이 그저 신기할 따름이다. 어쨌든 '취향입니다, 문방구' 선언은 단순히 문구뿐만 아니라 스스로에 대해서도 조금씩 더 깊이 이해할 수 있는 과정이었다.

저..저는
문구를 좋아하는데요.

  문구 취향을 선언하고 나니 한 가지 또 좋았던
건 주변 사람들이 문구 관련 소식을 내게 빠르게 업데
이트 해주고, 어디 놀러 갔다 오면 작은 문구들을 선
물해주기 시작했다는 점이다. 비슷한 취향을 가진 사
람들과 공유할 수 있는 영역도 훨씬 넓어졌다. 지인
들로부터 선물 받은 문구들을 흐뭇하게 꺼내어 보면
서 문구를 좋아한다고 요란뻑적지근하게 밝히길 참
잘했다고 생각했다. 역시 좋아하는 것은 좋아한다고
시끄럽게 떠들고 볼 일이다.
  언제까지고 문구인의 삶을 살고 싶다. 흔들리
지 않는 삶의 축을 문구로 두고 살아가는 나를 상상해

본다. 어떤 날에는 문구를 순수하게 사랑하는 소비자로, 또 어떤 날은 열정적인 창작자로 꾸준히 문구를 사랑하고 소비하고 또 만들어가며 살아가는 내 모습이 자연스레 그려진다. 예술인, 산악인, 출판인 등처럼 문구인도 자연스러운 존재(?)로 느껴지는 날이 오기를 기대한다.

그래, 취향이라고 해서 꼭 멋들어질 필요가 있나! 그저 내가 좋아하는 사소한 것들로 행복과 만족을 찾아나가는 것도 충분히 즐거운 인생일 수 있다. 오늘도 나의 작은 우주, 책상 위 아끼는 수많은 문구들 틈에서 작은 행복을 찾으며 생각한다. '문구도 꽤 좋은 취향이지.'

나를 만든 세계, 내가 만든 세계
'아무튼'은 나에게 기쁨이자 즐거움이 되는,
생각만 해도 좋은 한 가지를 담은 에세이 시리즈입니다.
위고, **제철소**, **코난북스**, 세 출판사가 함께 펴냅니다.

아무튼, 문구

초판 1쇄 2019년 7월 25일
초판 9쇄 2024년 9월 30일

지은이 김규림
편집 김아영, 곽성하
디자인 일구공 스튜디오
제작 세걸음

펴낸곳 위고
펴낸이 이재현, 조소정
등록 2012년 10월 29일 제406-2012-000115호
주소 경기도 파주시 돌곶이길 180-38 1층
전화 031-946-9276
팩스 031-946-9277

hugo@hugobooks.co.kr
hugobooks.co.kr

ISBN 979-11-86602-48-5 02810